AF746245

www.ingramcontent.com/pod-product-compliance
Lightning Source LLC
LaVergne TN
LVHW050752051026
849532LV00008B/2839

* 9 7 8 9 3 6 9 0 8 4 3 9 5 *

جوانی

(افسانے)

سہیل عظیم آبادی

Jawaani *(Short Stories)*

by: Sohail Azeemabadi

Edition: January '2025

Publisher :

Taemeer Publications LLC (Michigan, USA / Hyderabad, India)

ISBN 978-93-6908-439-5

9 789369 084395

کتاب	:	**جوانی** (افسانے)
مصنف	:	**سہیل عظیم آبادی**
صنف	:	فکشن
ناشر	:	تعمیر پبلی کیشنز (حیدرآباد، انڈیا)
سالِ اشاعت	:	۲۰۲۵ء
صفحات	:	۸۸
سرورق ڈیزائن	:	تعمیر ویب ڈیزائن

فہرست

تعارف

سہیل بہار کے رہنے والے ہیں وہ بہار جہاں کے قحط اور زلزلے مشہور ہیں۔ صوبۂ بہار میں قیمتی معدنیات کی فراوانی ہے۔ جنگل بھی بے شمار ہیں۔ جہاں سے انگریزی ادویات کے لئے خام پیداوار مہیا کی جاتی ہے۔ کوئلے اور لوہے کی کانوں کے سب سے بڑے ذخیرے ہیں زمین بھی زرخیز ہے۔ دھان بکثرت پیدا ہوتا ہے۔ بہار کی لیچی، امرود اور آم ہندوستان بھر میں مشہور ہیں۔ ان تمام باتوں سے بظاہر یہی اندازہ لگ سکتا ہے کہ قدرت کی اس غیر معمولی فیاضی کے طفیل بہاریوں کو زندگی کی بیشتر خوشیاں نصیب ہوں گی اور وہ ان تمام معاشی اور اقتصادی صعوبتوں سے آزاد ہوں گے کہ جن کا شکار آئے دن ہندوستان کے دوسرے صوبوں کے لوگ ہوتے رہتے ہیں۔

لیکن بہار کی جنتا کی زندگی ہر قدم پر اپنے جغرافی ماحول کی تکذیب کرتی ہے۔ مجھے بہار کے دیہات میں چند ماہ بسر کرنے کا اتفاق ہوا ہے اور میں اپنے ذاتی تجربے کی بنا پر کہہ سکتا ہوں کہ افلاس اور نکبت کے وہ منظر جو میں نے بہار میں دیکھے ہیں وہ اس قدر خوفناک اور

گھناؤنے تھے کہ اب تک اُن کی یاد بدن کے رونگٹے کھڑے کر دیتی ہے۔ امارت اور غربت کا ظالمانہ تضاد وہاں اس خطرناک حد تک بڑھا ہوا ہے کہ کوئی وجہ صلح باقی نہیں! موجودہ نظامِ زندگی نے غریبوں اور امیروں کے طبقوں کے درمیان جو لکیر کھینچدی ہے وہ صوبۂ بہار میں اس قدر صاف واضح اور متعین ہے کہ شاید اوڑیسہ کے جنگلوں کو چھوڑ کر ہندوستان کے کسی دوسرے صوبے میں اس کی نظیر مشکل ہی سے مل سکے، وجہ یہ ہے۔ کہ گو قدرت جغرافیہ بناتی ہے انسان سماجی قانون بناتا ہے اور دو ہزار سال کی پیہم کوششوں کے بعد بھی تہذیب انسان کی بربریت، وحشت اور کمینگی کو دور نہیں کر سکی، اسی لیئے تو سماجی قانون جغرافی ماحول پر حاوی ہو جاتے ہیں، قدرت کی دولت کی غیر منصفانہ تقسیم ہوتی رہتی ہے۔ انسانی سماج دو قطبوں میں بٹ جاتا ہے۔ ایک قطب پر قدرت کی تمام تر دولتیں انسانی زندگی کی رنگینیاں اور سہولتیں جمع ہو جاتی ہیں۔ اور دوسرے قطب میں زندگی کی کل پریشانیاں، مصیبتیں او تکلیفیں غریبوں اور امیروں میں جو بعد القطبین ہے۔ اس کی ایک واضح مثال آپ کو بہار کی سماجی زندگی میں ملے گی۔ اور یا سہیل کے اِن افسانوں میں جو اسی زندگی سے متعلق ہیں۔

سہیل نے ان دونوں طبقوں کی آویزش کو فنی خوبصورتی اور دیانتداری سے اجاگر کیا ہے، اگر طاقتور طبقے کے مظالم کو بے نقاب کیا ہے تو کسانوں اور مزدوروں کی کمزوریوں پر بھی پردہ نہیں ڈالا، اسی فنی صداقت کے باوجود ان کی ہمدردی مزدوروں اور کسانوں کے ساتھ ہے۔ یہ اس لئے کہ موجودہ نظامِ زندگی میں ایک حساس اور دردمند فرد کے سامنے

اور کوئی زاویہ نگاہ نہیں ہو سکتا، سہیل کے افسانوں میں ہمیں بہار کی کسان اور اس کی زندگی کے مسائل اپنی تمامتر صعوبتوں اور خوشیوں کے ساتھ نظر آتے ہیں۔ سہیل نے ان لوگوں کی زندگیوں کا بنظرِ غائر مطالعہ کیا ہے، ان کی طنز گہری ہے، فنی ادراک صحیح اور متناسب، وہ جذبات کے دھارے میں نہیں بہہ جاتے، بلکہ جذبات پر قابو پاکر لکھتے ہیں۔ اور افسانے کے اختتام پر ایسی گہری چوٹ کرتے ہیں، کہ اس کا اثر دیر تک قائم رہتا ہے۔ موضوع کی وحدانیت ایک مضبوط پلاٹ سے ہم آہنگ ہو کر ایک خوبصورت افسانے کا تانا بانا تیار کر دیتی ہے۔ خوبصورت افسانہ میں نے اس لئے کہا۔ کہ اکثر لوگوں کا خیال ہے کہ کسانوں اور مزدوروں کی زندگی کے متعلق کبھی کوئی خوبصورت افسانہ لکھا ہی نہیں جا سکتا۔ بالفاظ دیگر خوبصورت افسانہ وہی ہے جس میں رنگا رنگ ساریوں، شمپین کی بوتلوں اور کسی کے ہلتے ہوئے طلائی آویزوں کا بار بار ذکر ہو۔ سہیل کے ہاں ان چیزوں کا ذکر بہت کم ہے شاید اس لئے کہ انفرادی اور سماجی خوبصورتی کے متعلق بھی اُن کا نظریہ مختلف ہے۔ وہ خوبصورتی کو ایک اضافی قدر سمجھتے ہیں۔ ایک ایسی قدر جو ماحول اور سماج اور قدرت کی پکار کے ساتھ ساتھ بدلتی رہتی ہے۔

سہیل کے افسانوں میں درمیانی طبقے کی زندگی کا بہت کم ذکر ہے۔ اس لئے کہ بہار میں یہ طبقہ یعنی سہیل کا طبقہ قریباً قریباً ناپید ہے، اور اس کے افراد انگلیوں پر گنے جا سکتے ہیں، صوبۂ پنجاب یا بمبئی کی طرح بہار میں کوئی ایسا قوی درمیانی طبقہ نہیں، جو امیروں سے ٹکر لینے کی سکت رکھتا ہو، یا جس کا خیال سب سے اونچے طبقے

کو خائف کرتا ہے۔ اور اُسے کبھی درمیانی طبقے سے کبھی کسانوں اور مزدوروں کے پچھلے طبقے سے وقتی مفاہمت کے لئے مجبور کرتا ہے نہ پنجاب کے کسانوں کی طرح بہار کے کسان اپنی زمینوں کے خود مالک ہیں۔ ان تمام امور نے سہیل کے ذہن اور اُس کے اندازِ تفکر کو اُن تمام نیم بورژوائی اور۔۔۔ میلانات سے بچائے رکھا ہے جن میں ہمارے بیشتر ادبی اذہان الجھ کر رہ جاتے ہیں۔

سہیل بہاری سماج میں اصلاح کے قائل معلوم نہیں ہوتے۔ اُن کا نقطۂ نظر اصلاحی نہیں رہا۔ انقلابی بن گیا ہے۔ اُن کا خیال ہے کہ یہ سماج اب اصلاح کے قابل نہیں اسے ڈھا دینا ہے جس سماج میں کسانوں کی زبوں حالت کا یہ نقشہ ہو کہ بدن پر صرف ایک پھٹی سی دھوتی ہے۔ گھر میں عورتیں نیم عریاں' اکثر حالتوں میں ہمارے گھر کی عورتوں کے لئے ایک لہنگا ہوتا ہے۔ جسے وہ باہر جانے کے لئے باری باری پہن لیتی ہیں۔ بچے ننگ دھڑنگ پھرتے ہیں' کھانے کے لئے چاول' اور اکثر حالتوں میں چاول بھی نہیں ملتے۔ اور سالن کے لئے وہ زیرِ آب کائی جو جوہڑوں اور دھان کے کھیتوں میں پائی جاتی ہے۔ بتائیے اس زندگی میں اصلاح کی کیا گنجائش ہے۔

پرانے سماج کو کس طرح گرا دیا جائے اور نئے سماج کی تعمیر کس نہج پر ہو۔ اس کے متعلق سہیل نے ابھی تک کوئی واضح راہ متعین نہیں کی۔ لیکن یہ راہ شاید ابھی دوسرے ادیبوں کی تحریروں میں بھی نظر نہیں آتی، ناامیدی بے چارگی اور پیہم ناکامی کا تلخ احساس جو بہاری کسان اپنی زندگی میں بار بار محسوس کرتا ہے سہیل کی تحریرات میں اکثر جھلکتا ہے

کسان کی زندگی ایک کاغذ کی ناؤ ہے۔ امیر کی مضبوط کشتی نہیں"۔ غریب کی زندگی کیا ہے۔ کاغذ کی ناؤ ہے جب تک تیرتی رہی تیرتی رہی، ہوا کا ایک جھونکا آیا، اُلٹی اور ڈوب گئی" اُن کے اکثر افسانوں میں یہی رنگ تفکر ہے۔ یہی صدائے احتجاج ہے"۔ الاؤ، چوکیدار، بخیر تمام پیٹ کی آگ، اسی ذہن کی تخلیق ہیں۔ ہاں، "دو مزدور" میں سہیل ہمیں پہلی مرتبہ مزدور کے اُسی عزم راسخ کا نا پتا بتاتے ہیں۔ جس نے ہندوستان میں کیا دنیا بھر میں مزدور کو نئی تعمیر کا مرکز بنا دیا ہے۔

سہیل کی زبان نہایت سادہ اور سلیس ہے، معصنوعی اور غیر فطری مکالمے کہیں نہیں ہیں، بہاری گاؤں اور اُس کے افراد کی تصویر اس فنی صناعی اور چابکدستی سے کھینچتے ہیں کہ افسانے کی دلکشی دوبالا ہو جاتی ہے۔ غیر ضروری الفاظ کے استعمال سے بہت پرہیز کرتے ہیں۔ اپنی تحریرات میں کم گو لیکن پُرگو ہیں، بہت کچھ نہ لکھ کر بھی بہت کچھ کہہ دیتے ہیں۔ اسے اُن کے انداز تحریر کا اعجاز سمجھنا چاہیے۔

کرشن چندر

دہلی۔۔ ۲۰ رجون ۱۹۴۲ء

کھویا ہوا لال

ساون کی رات تھی آسمان کالے کالے بادلوں سے ڈھنکا ہوا تھا تین دن سے موسلا دھار پانی برس رہا تھا ایسا اندھیرا تھا کہ پاس کی چیزیں بھی دکھائی نہ پڑتی تھیں کبھی کبھی بجلی چمک جاتی تھی معلوم ہوتا تھا کہ دنیا میں پانی اور بادلوں کے علاوہ دوسری چیز بھی ہے —— اور نہ پانی برسنے یا بادل کڑکنے کی آواز کے سوا اور کوئی دوسری آواز بھی سننے میں آتی تھی۔

بوڑھی بھاتن اپنی چارپائی پر پڑی تھی۔ وہ سوجانا چاہتی تھی مگر نیند اس کی آنکھوں سے غائب تھی۔ اس کا دل گھبرا رہا تھا، اس کو اپنے بوڑھے شوہر کا خیال آیا اور تینوں بیٹوں کا، جو پیٹ کا دھندا کرنے گھر سے سینکڑوں کوس دور پردیس میں تھے۔ مگر پھر اس کا خیال بہک گیا۔ وہ اپنی جوانی کے واقعات پر غور کرنے لگی بہت سی باتیں یاد کرکے اس کو خوشی ہوئی اور بہت سی

باتیں یاد کر کے رنج ہوا۔ پھر خیال بہک کر شوہر اور بیٹوں کی طرف چلا گیا۔ اُس نے خیال کیا سدن بھر کے تھکے ماندے اسوقت آرام کی میٹھی نیند سو رہے ہونگے۔ اسکے دل کو کچھ سکون ہوا۔ آنکھیں جھپکیں، اس کو گرمی معلوم ہونے لگی۔ دل گھبرانے لگا، اس نے گھبرا کر آنکھیں کھول دیں، سوچنے لگی۔ آخری وقت ایسا ہی ہوتا ہے۔ اب کیا؟ زندگی کے پانچ چھ سال اور باقی ہوں گے زیادہ سے زیادہ دس سال۔ اس کا دل زور زور سے دھک دھک کرنے لگا۔ وہ گھبرا کر اِدھر اُدھر دیکھنے لگی۔

یکا یک اسکو محسوس ہوا کہ مکان کے باہر کوئی آدمی پھر رہا ہے۔ وہ ڈر سے کانپ گئی۔ شاید چور ہو۔ پھر باہر سائبان میں پاؤں ٹپکنے کی آواز آئی۔ اسکو یقین ہو گیا کہ باہر کوئی آدمی ضرور ہے۔ اس کا سانس رک رک کر چلنے لگا۔ . . . اُس کی دونوں بہوئیں دوسری کوٹھری میں سوئی ہوئی تھیں۔ سوچنے لگی کہ جاکر اُٹھائے مگر پاؤں سو سو من کے ہو گئے۔ پھر چاہا کہ پکارے مگر منہ سے آواز نہ نکلی۔ اتنے میں کسی کے بہت لمبا سانس لینے کی آواز آئی۔ اس کے بدن میں بجلی کی لہر سی دوڑ گئی۔ اس سے ضبط نہ ہوا۔ بستر چھوڑ کر اُٹھ کھڑی ہوئی۔ لالٹین کی بتی تیز کی۔ کوٹھری میں چاروں طرف دیکھا۔ وہاں کچھ نہ تھا۔ اس کو یقین ہو گیا کہ باہر سائبان میں کوئی کتا ہے۔ مگر وہ لالٹین لئے ہوئے دروازے کے پاس آئی۔ ہمت کر کے کواڑ کھولے —— ایک قد آور آدمی کھڑا تھا۔ لقاتن کے حلق سے ایک چیخ نکلی —— "چو . . ." اور وہ گر پڑی۔ گھر کے کل لوگ جاگ گئے۔ لقاتن کے پاس جمع ہو گئے۔ دونوں بہوئیں "چور چور" چلانے لگیں۔ مگر پانی برسنے کی آواز میں اُن کی آواز ڈوب کر رہ گئی۔ کسی نے بھی نہ سنا کوئی مدد کو نہ آیا۔ اجنبی سر سے پاؤں تک بھیگا ہوا ایک کونے

میں کھڑا تھا۔ اس کے بدن پر ایک پھٹی ہوئی دھوتی کے سوا اور کچھ نہ تھا دوسری سے کانپ رہا تھا ــــــ اجنبی عورتوں کے چلانے سے بھاگا نہیں بلکہ کانپتا ہوا آگے بڑھا۔ اور لفاتن سے ہاتھ جوڑ کر بولا ــــــ

"میں چور نہیں ہوں ماں! مصیبت کا مارا ہوں۔ بے پناہ ہوں ساب چاہے جو کرو۔۔۔"

لفاتن کے حواس درست نہ تھے۔ وہ کچھ نہ بولی۔ مگر اس کی بہوئیں اور رشتہ کی ایک بہن برابر بکتی رہیں۔ اور اجنبی اُسی طرح ہاتھ جوڑے کھڑا رہا۔ لفاتن کے حواس درست نہ تھے وہ جواب کیا دیتی۔ اجنبی نے کہا۔

"تم لوگ آرام کرو ــــــ گھبراؤ مت میں چور نہیں ہوں۔ پانی تھم جائے تو میں چلا جاؤں گا۔۔۔۔۔۔"

بڑی بہو بولی۔

"بدمعاش اب پکڑے جانے کے ڈر سے کہتا ہے۔ چور نہیں ہوں۔ پھر کاہے کو آیا تھا ــــــ"

اجنبی بڑی منت کے ساتھ بولا۔

"میں شام ہی سے ایک درخت کے نیچے پڑا تھا۔ مگر جب بہت بھیگ گیا تو چلا آیا۔ تم نہیں چاہتی ہو تو میں جاتا ہوں ــــــ"

اجنبی کی آواز میں مصیبت کی جھلک تھی سورہ کی ملاوٹ تھی۔ وہ اپنا جملہ ختم کر کے آگے بڑھا۔ اب لفاتن کے حواس درست ہو چلے تھے۔ اِس نے کڑک کر پوچھا۔

"اچھا تم چور نہیں تھے تو پکارا کیوں نہیں۔۔۔"

اجنبی نے درد بھری آواز میں کہا۔

"بڈھے ماں ——— بڑی مصیبت کا مارا ہوں۔ زندگی میں آج تک کبھی کوئی خوشی نصیب نہیں ہوئی۔"

بفاتن بولی۔

"تمہارا گھر کہاں ہے؟"

اجنبی نے درد بھری آواز میں جواب دیا۔

"گھر ہی ہوتا ماں تو مارا مارا کیوں پھرتا۔ نہ کہیں میرا گھر ہے اور نہ کوئی میرا اپنا ہے۔ دنیا میں کوئی چیز بھی میری نہیں ہے۔ ماں جاؤ آرام کرو میں جاتا ہوں ———"

اپنا جملہ ختم کر کے چپ ہو گیا۔ اس کی آنکھوں میں آنسو بھر آئے۔ جن کو اس نے اپنے ٹھٹھرے ہوئے ہاتھوں سے صاف کیا۔ پھر سائبان سے نیچے اترنے لگا۔ بوڑھی بفاتن کو اپنے بچوں کا خیال آ گیا۔ جو پردیس میں تھے۔ اس کا دل پسیج گیا۔ اس کو اجنبی پر رحم آ گیا۔ اور اس نے پکار کر کہا۔

"چور ڈاکو نہیں ہو تو جانے کہاں ہو۔ ٹھیرو آرام کرو، ہم لوگ بھی غریب ہیں۔ کچھ کھا پی لو۔ جو ساگ ستو ہو۔ صبح چلے جانا۔"

اجنبی ٹھہر گیا۔ اس نے احسان مند نگاہوں سے بوڑھی بفاتن کو دیکھا اور آہستہ سے بولا۔

"تمہارا بیٹا جئے ماں۔ کل سے کچھ نہیں کھایا ہے۔"

بفاتن کو اجنبی سے غیر معمولی ہمدردی ہو گئی۔ اس کو اپنی کوٹھڑی میں لے آئی۔

اپنی ایک پرانی سفید ساڑھی دے کر بولی۔

"اچھا اس کو پہن لو بیٹا ـــــ اے بڑی بہو تھوڑی لکڑی جلا کر لا یہ بیچارہ کانپ رہا ہے۔ اری منجھلی بہو کچھ کھانے کو لا۔"

اجنبی کپڑا بدلنے کے لیے پھر باہر چلا گیا۔ بھیگی ہوئی دھوتی نچوڑ کر ایک ڈوری پر پھیلا دی جو کھچی ہوئی تھی۔ پھر اندر آیا۔

بھاتن نے اپنا پرانا کمبل نکال کر اسے اوڑھنے کو دیدیا۔ وہ اوڑھ کر بیٹھ گیا مگر برابر کانپ رہا تھا۔ بھاتن لالٹین لیکر خود کھانا لینے چلی گئی۔ نہ جانے اسکو اجنبی پر اتنا رحم کیوں آگیا تھا۔

بڑی بہو لکڑی جلا رہی تھی بھاتن کو بڑا برا معلوم ہوا۔ اور وہ خود بیٹھ کر لکڑی جلانے لگی ـــــ مگر پھر اس کو چھوڑ کر منجھلی بہو کی طرف چلی گئی او اُس سے کھانا لیکر اجنبی کے پاس آئی۔ اور اُس کے سامنے رکھ کر بولی۔

"لے بیٹیا کھالے ـــ"

اجنبی نے کہا۔

"اللہ تم کو اور دیگا ماں ـــــ"

بھاتن دولتمند نہ تھی۔ مگر دال روٹی سے مجبور بھی نہ تھی۔ بوڑھا میاں اور تین بیٹے کلکتہ میں راج مستری کا کام کرتے تھے۔ گاؤں میں چھ سات بگھہ کھیت تھا سب مل ملا کر اتنا تھا کہ زندگی آرام سے گزرتی تھی۔ یہ سب اس کے شوہر نے اپنی کمائی سے حاصل کیا تھا۔ وہ خود غریب گھر میں پیدا ہوئی تھی۔ ماں مر چکی تھی۔ باپ اندھا اور بہرہ تھا، کچھ نہ

کر سکتا تھا۔ گاؤں کے زمیندار کی مہربانی سے دونوں کو صبح شام کھانا مل جاتا تھا وہ تکلیف کو جانتی تھی۔ چھ سال کی عمر سے زمیندار کے گھر میں مزدوری کرتی تھی

اجنبی کھا ہی رہا تھا کہ بڑی بہو نے ٹوٹی ہوئی ہانڈی میں جلتی ہوئی لکڑی لا کر رکھدی۔ اور اجنبی سے دور ہی رکھکر ہٹ گئی۔ بفاتن نے ہانڈی کو اجنبی کے قریب کھسکا دیا جلتی ہوئی لکڑی۔ کے شعلوں کی روشنی میں اُس نے اجنبی کا چہرہ صاف طور پر دیکھا۔ لالٹین کی مدھم روشنی میں نہ دیکھ سکی تھی۔ اُس کی آنکھیں اجنبی کے چہرے پر جم کر رہ گئیں۔ بفاتن کا دل دھک دھک کرنے لگا ـــــــ اور وہ گہرے سوچ میں پڑ گئی۔ اجنبی کھانا ختم کر کے آگ کے قریب ہو کر تاپنے لگا۔ بفاتن سب کچھ بھول گئی تھی۔ اجنبی بولا۔

"کیا سوچ رہی ہو ماں؟ ـــــ مجھ سے ڈرتی ہو کیا؟ ـــــ چور نہیں ہوں ماں مصیبت کا مارا ضرور ہوں ـــــ"

بفاتن چونک پڑی اور بولی۔

"نہیں بیٹا ـــــ تجھ سے ڈر کیسا ـــــ بیٹے سے کوئی ڈرتا ہے؟"

اجنبی کے مرجھائے ہوئے چہرے پر ہنسی اور رونق کھیلنے لگی۔ لیکن بفاتن کا چہرا اداس ہو گیا۔ اُس کا سفید چہرہ سیاہ دکھائی دینے لگا۔ وہ بھرائی ہوئی آواز میں بولی۔

"بیٹا تیرا گھر کہاں ہے؟"

اجنبی کی آنکھوں میں پھر آنسو بھر آئے۔ اس کے چہرہ سے ہنسی اور خوشی غائب ہو گئی۔ وہ درد بھری آواز میں بولا۔

"میرا گھر کہیں بھی نہیں ہے ماں ۔ اس لمبی چوڑی دُنیا میں میرا کوئی ہے بھی یا نہیں، مجھے کچھ معلوم نہیں ۔ اس تیس برس کی عمر میں مجھے اپنا کوئی نہیں ملا ـــــــ سنو جب میں نے ہوش سنبھالا تو خود کو یتیم خانہ میں پایا ۔ وہاں مولوی صاحب سے اپنے بارے میں معلوم ہوا کہ میں پولس کو کمبل میں لپٹا ہوا ملا تھا ۔ کوئی میونسپلٹی کے کوڑا ڈالنے کے ایک ٹین میں مجھے پھینک گیا تھا پولس نے تحقیقات کی ۔ مگر میرے ماں باپ کا پتہ نہ چلا ۔ اور چلتا کیوں ؟ اگر مجھے کوئی رکھنا چاہتا تو پھینک کیوں جاتا ـــــــ پولس سے ایک بوڑھے درزی نے درخواست دیکر مجھے لے لیا ۔ اس کے کوئی بال بچہ نہ تھا ۔ مجھے بیٹا بنکر پالا جب میں چار سال کا ہوا تو وہ بھی اس دنیا سے رخصت ہو گیا ۔ پھر میں یتیم خانہ میں رہنے لگا ۔ کچھ پڑھا لکھا اب مگر جس طرح میرا دُنیا میں اپنا کوئی نہیں ہے اُسی طرح میری قسمت میں چین آرام بھی نہیں ہے ۔"

اجنبی کی آنکھوں میں آنسو بھر آئے ۔ بھاتن رونے لگی ۔ روتے روتے ہچکی بندھ گئی

اجنبی بولا ۔

"تم میرے لئے کیوں روتی ہو ماں ! چپ ہو جاؤ ۔"

مگر بھاتن روتی ہی رہی ۔ اجنبی پھر بولا ۔

"تم بڑی رحمدل ہو ماں ! آج مجھے معلوم ہوتا ہے کہ تمہیں میری سب کچھ ہو میری ماں بھی ہوتی تو اسی طرح میری مصیبت پر آنسو بہاتی مجھے اس بُرے حال میں دیکھ کر کڑھتی، کھلاتی پلاتی، کپڑا دیتی اور محبت سے پیش آتی، مجھے تو معلوم ہوتا ہے کہ میری ماں زندہ ہے میں نے اُس کو پا لیا ۔"

بفاتن اُٹھ کھڑی ہوئی اور بھرائی ہوئی آواز میں بولی۔

"اُس چارپائی پر سو رہو —— ہاں تم جانا نہیں۔ ماں کہا ہے۔ تو میری بات رکھنا۔"

اجنبی اُٹھ کھڑا ہوا اور بولا۔

"بھلا یہ کیسے ہو سکتا ہے ماں ——"

اجنبی جاکر چارپائی پر سو رہا۔ بفاتن بھی اپنی چارپائی پر لیٹ رہی۔ مگر اس کو نیند نہیں آئی۔ رات بھر اجنبی کی باتیں، اس کی صورت اس کی دردناک کہانی۔ بفاتن کے دماغ میں گھومتی رہیں۔ ہزاروں باتیں اُسکے دماغ میں آئیں اور نکل گئیں۔

دوسرے دن بفاتن نے اُس سے کہا۔

"بیٹا تم نے ماں کہا ہے۔ تو اس کی لاج رکھو —— میری زندگی میں کہاں کہاں مارے پھروگے۔ یہ تمہارا گھر ہے۔ رہو۔ کھیتی باڑی کرو میں اپنی زندگی میں تو تمہیں اب نہ جانے دوں گی ——"

اجنبی بولا۔

"نہیں ماں میں اس قابل نہیں۔"

بفاتن بولی۔

"مگر میں ماں بن کر کہتی ہوں اور تم ہٹ کرتے ہو؟"

اجنبی نے کہا۔

"جب تم ماں بنکر کہتی ہو تو میری مجال نہیں کہ بات نہ مانوں اتنے دنوں کے بعد ماں کی محبت کو جان سکا ہوں۔ اِس کو کیسے ٹھکرا سکتا ہوں ـــــــ"

اسی دن سے وہ اس گھر کا ایک فرد بن گیا۔ اس کا نام یوسف تھا پہلے تو بفاتن کی بہوؤں کو اس کا رہنا کچھ ناگوار ہوا لیکن بہت جلد ہی یوسف نے اپنے اخلاق سے سب کو اپنا بنالیا۔ گاؤں کے لوگ بھی اُس سے خوش تھے۔ بفاتن کا شوہر اُس کے بیٹے آئے اور یوسف سے ملکر بےحد خوش ہوئے۔ ہر لڑکا اُس کو اپنا بھائی سمجھتا تھا۔ چونکہ عمر میں سب سے بڑا تھا۔ سب اُس کی عزت کرتے تھے گاؤں کے اکثر لوگ کہتے تھے کہ وہ کوئی شریف آدمی ہے کسی خاص وجہ سے گھر چھوڑ کر بھاگ آیا ہے اور خود کو چھپاتا ہے۔

کچھ دنوں کے بعد بفاتن نے اس کا بیاہ بھی کر دیا۔

ایک دن کسی بات پر گاؤں کے بوڑھے زمیندار نے یوسف کو بلا کر ڈانٹا۔ اس دن بفاتن بہت روئی۔ بفاتن کا چہرہ اترا ہوا دیکھ کر یوسف نے بہت کچھ پوچھا مگر بفاتن نے کچھ نہ بتایا۔ اُسی دن سے وہ برابر اداس رہنے لگی۔ اُس کے چہرے سے رونق غائب ہو گئی کھانا پینا روز بروز کم ہوتا گیا۔ اور ایک مہینہ کے اندر ہی اندر بستر پر ایسی پڑی کہ پھر نہ اُٹھی۔ اُس کے دل کو ایسا جھٹکا لگا کہ وہ برداشت نہ کر سکی۔

دھان کی فصل تیار ہو چکی تھی۔ یوسف اس کی بیوی اور تینوں بہوئیں کھیت پر تھیں بفاتن گھر میں اکیلی پڑی تھی۔ اُس کی صحت ایسی نہ تھی کہ کھیت پر جا سکتی۔ یوسف دھان کا بوجھا کھلیان میں لا رہا تھا۔ اُس کو پیاس معلوم ہوئی۔ پانی پینے گھر چلا گیا۔ بفاتن چارپائی

پڑ پڑی تھی۔ اس کی طبیعت زیادہ خراب تھی۔ یوسف اُس کے پاس آگیا۔ بفاتن نے اُسکو پاس بلاکر اس طرح بٹھا لیا کہ وہ اس کی گود میں تھا اور بڑی محبت کے ساتھ اُس کے سر پہ ہاتھ رکھ کر بولی۔

"بٹیا! مجھے ذرا نصیر بابو (بوڑھے زمیندار) کے گھر لے چل۔ بڑا ضروری کام ہے"

یوسف بولا۔

"ماں! تم کہاں جاؤگی، تم اِس قابل نہیں ہو۔"

بفاتن بولی۔

"بلا سے۔ جیسے بھی ہوگا، میں ضرور جاؤں گی۔ مجھے لے چلو"

یوسف مجبور ہو گیا۔ بفاتن بڑی تکلیف کے ساتھ زمیندار کے گھر پہونچی۔ اس وقت وہ اندر تھے۔ بفاتن چلی گئی۔ یوسف باہر ہی رہ گیا۔ بفاتن گھنٹوں اندر بیٹھی نہ جانے کیا کیا باتیں کرتی رہی۔ یوسف بڑا پریشان ہوا۔ ایک تو کھیت پر کام تھا۔ دوسرے بفاتن کی بیماری کا خیال وہ طرح طرح کی باتیں سوچنے لگا۔ پھر خیال آیا کہ کسی سے خبر بھیجے۔ اسی سوچ میں تھا کہ گھر میں سے ایک بوڑھی ماما آئی۔ یوسف نے اُس سے کہا کہ خبر کر دے دیر ہو رہی ہے۔ ماما بڑبڑانے لگی۔ یوسف نے اُس کی خوشامد کی۔ تو وہ چڑ کر بولی۔

"ارے وہ ابھی کیوں آنے لگی۔ مدت کے بعد گئی ہے"

یوسف نے پوچھا۔

کیوں نہیں آئے گی۔ تم جا کر اُن کو خبر کر دو۔"

ماما کو لبھاتن سے نفرت تھی۔ وہ اس سے ہمیشہ سے جلتی تھی۔ جل کر بولی۔

"تجھے کیا معلوم ——— اب بڑی عزت والی بنی ہے میں جانتی ہوں نا سب کچھ"

یوسف بولا۔

"کیا کہہ رہی ہو تم؟ ......"

بوڑھی ماما بولی۔

"باپ رے باپ کس کی شامت آئی ہے۔ جو بولے کہیں سرکار نے سن لیا۔ تو سر کا ایک ایک بال نوچ لیا جائیگا۔"

یوسف کو شک ہوا۔ کہ شاید لبھاتن کے ساتھ بھی زمیندار نے کچھ بدسلوکی کی۔ اور اسی لئے وہ اب تک نہ آسکی۔ اس کے دل و دماغ میں ایک ہیجان پیدا ہو گیا۔ اور وہ گھبرا کر بولا ———

"تم سرکار سے ڈرتی ہو ——— خدا کی قسم میں کبھی تمہاری کہی بات زبان پر نہ لاؤں گا۔ مگر بتاؤ کہ بات کیا ہے۔ کیا ہوا۔ تم کیا جانتی ہو؟"

بوڑھی ماما بولی۔

"تم نیک آدمی ہو۔ اسی لئے تم سے کہے دیتی ہوں۔ لیکن قسم کھاؤ کسی سے نہ کہو گے"

یوسف نے قسم کھالی۔

"خدا کی قسم کسی سے نہ کہوں گا۔ کسی کو معلوم بھی نہ ہونے دوں گا کہ بات کیا ہے!"

بوڑھی ماما کو معلوم ہوا کہ جیسے اُس کا دل ہلکا ہوا۔ اور وہ رازدارانہ طور پر بولی۔

"اسے یہ بات سوائے میرے کسی کو معلوم نہیں۔ میں نے ہی اُس کی مدد کی تھی۔ اب مجھے پوچھتی بھی نہیں۔ اپنے کو بڑی سمجھتی ہے ——— اسے اس کا باپ اندھا اور بہرہ تھا۔ بے کار تھا۔ لفاتن دربار میں بچپن سے رہتی تھی۔ دونوں باپ بیٹیوں کو کھانا ملتا تھا۔ جب لفاتن جوان ہوئی تو . . . . . . سرکار سے . . . . . اس کا تعلق ہو گیا۔ سرکار علاج کے بہانے اس کو شہر لے گئے۔ میں بھی ساتھ تھی۔ وہاں اس کے بیٹا پیدا ہوا۔ میں اس کو کمبل میں لپیٹ کر میونسپلٹی کے ٹین میں پھینک آئی ——— ——— پولس نے ڈھونڈا۔ ہم لوگوں نے لفاتن کو چھپا دیا ——— پھر معلوم ہوا کہ اس لڑکے کو پولس سے ایک بوڑھے درزی نے لے لیا ——— اور اسے اس کی سرکار سے پرانی محبت ہے۔ نہ جانے آج بڑھاپے میں اُنکے پاس پھر کیوں آئی ہے چڑیل۔ اگر میں زبان کھول دیتی تو بھتیجی بی لفاتن کا بیاہ کیسے ہو جاتا۔ اور گھروالی بنتیں بدمعاش ہے مکار . . . ."

یوسف بوڑھی ماما کا منہ حیرت سے دیکھتا رہا۔ اس کی آنکھوں میں غم اور خوشی کے ملے ہوئے آنسو بھر آئے۔ بڑھیا یہ کہکر روانہ ہو گئی۔ یوسف گہرے سوچ میں پڑ گیا اس کا دل دھک دھک کرنے لگا ———

اتنے میں بوڑھی لفاتن اندر سے نکلی۔ اس کے ساتھ زمیندار تھے۔ زمیندار یوسف کو دیکھ کر معنی خیز ہنسی ہنسے۔ یوسف نے گردن نیچی کر لی۔ اور لفاتن کو لیکر گھر چلا آیا۔

گھر پہنچکر وہ چارپائی پر بیٹھنا ہی چاہتی تھی کہ یوسف نے روکر لطافتن سے کہا۔
"اتنے دن سے حقیقت کو کیوں چھپا رکھا میری ماں !!"

معلوم ہوا جیسے لطافتن پر بجلی گر پڑی۔ وہ خود کو نہ سنبھال سکی ——— چکرا کر گر پڑی۔ اُس کا سر چارپائی کی پٹی پر پڑا۔ سر پھٹ گیا۔ خون بہہ نکلا ——— وہ بے ہوش ہوگئی۔ یوسف نے خون روکنے کی کوشش کی مگر بیکار۔ وہ گھر سے باہر بھی نہ جا سکتا تھا کہ دوسروں کو مدد کے لئے بلائے۔ اُس کی حالت عجیب سی ہوگئی گھنٹوں کے بعد ہوش آیا۔ اُس نے آنکھیں کھولیں اور یوسف کو دیکھ کر بولی۔

"بیٹا! بیٹا !!"

پھر بے ہوش ہوگئی۔ دو چار بار ایسا ہی ہوا۔ اس درمیان میں گھر کے دوسرے لوگ بھی کھیت سے آگئے۔ یوسف نے کپڑا جلا کر زخم پر رکھا۔ خون بند بھی ہوگیا۔ مگر کمزور اور بیمار لطافتن کے بدن سے خون اتنا بہہ چکا تھا کہ وہ سنبھل نہ سکی۔ ایک بار اُس نے پھر آنکھ کھولی۔ چاروں طرف نظر گھما کر سب کو دیکھا۔ اور یوسف کو دیکھ کر آخری مرتبہ بولی

"بیٹا! بیٹا !! میرا لال !!!"

پھر بار اُس کی آواز کم ہوتی گئی۔ اور پھر ہمیشہ کے لئے چپ ہوگئی ✤

وہ رات

ہر آدمی کی زندگی میں ایک ایسا وقت ضرور آتا ہے جب اسکی خواہش خودکشی کر لینے کی ہوتی ہے۔

وہ رات!! وہ رات بھی عجیب رات تھی جب زندگی سے میں اکتا گیا تھا ——— وہ رات اب بھی یاد آتی ہے۔

چھ سال کے بعد زائن سے یکایک راستے میں ملاقات ہو گئی۔ وہ میرا بچپن کا دوست تھا۔ ملکر کتنی خوشی ہوئی ہوگی ——— اسے میرے سوا دوسرا کون جان سکتا ہے؟ .... ہم دونوں بڑی محبت سے ملے — وہ گھر سے سیر کیلئے آیا تھا اور میں پردیس میں پیٹ پالنے کیلئے محنت کرتا تھا۔ بہت دنوں پر ملے تو ہم لوگ سب کچھ بھول گئے۔ اس نے مجھ سے اور میں نے اس سے بہت سی باتیں پوچھ ڈالیں۔ چائے ختم کر لینے کے بعد بھی ہم دونوں بہت دیر تک ہوٹل میں بیٹھے باتیں کرتے رہے جب

باہر نکلے تو دیر تک ساتھ ٹہلتے رہے۔ زرائن دوسری جگہ ٹھہرا ہوا تھا۔ اُس نے کہا۔

اچھا ریاض اب مجھے جانا چاہیئے میرا انتظار ہو رہا ہوگا مگر چلو تمہارا گھر دیکھتا چلوں کل پھر آ کر ملوں گا گھر کا نام سنتے ہی میں گھبرا گیا ——— میرا گھر! میرے گھر کو دیکھ کر زرائن کیا کہے گا۔ میرے گھر کو دیکھ کر! وہ مجھے عالیشان کوٹھی میں رہتے دیکھ چکا تھا۔ اگر عالیشان کوٹھی میں نہ رہتا ہوتا تو پھر دوستی ہی زرائن سے کب ہوتی مگر اب ——— زمانہ کبھی ایک سا نہیں رہتا۔

میرا دل نہیں چاہتا تھا کہ زرائن کو اپنے گھر لے جاؤں مگر کوئی چارہ نہ تھا۔ پھر یہ سوچ کر تسکین ہوئی کہ کلکتہ میں جس طرح میں رہتا ہوں، وہ کوئی معیوب طریقہ نہیں۔ زیادہ تر لوگ اسی طرح رہتے ہیں۔ میں نے کہا۔

"چلو"

ہم دونوں چلے۔ رات کے آٹھ بج چکے تھے۔ گھر کی طرف چلتے ہی بہت سے خیالات میرے دماغ میں چکر کاٹنے لگے۔ بسنر میں ہر آدمی محل میں نہیں رہتا۔ بڑے بڑے آدمیوں کو معمولی طور سے گزارا کرنا پڑتا۔ میں تو اکیلا ہوں۔ دولتمند لوگوں کو یہاں تین چار کمروں میں پورے خاندان کے ساتھ زندگی گزارنی پڑتی ہے۔ ایسا نہیں کہ زرائن اسے نہ جانتا ہو۔ دوسرے زرائن کو کبھی اس بات کا پتہ نہیں چل سکتا جس سے اسے معلوم ہو کہ میری حالت اب پہلے جیسی اچھی نہیں۔ کرایہ کا ہی سہی لیکن چار منزلہ عمارت کی تیسری منزل پر میرا کمرہ ہے۔ مکان گندہ ہے۔ مگر صرف نچلی منزل میں جہاں مزدور لوگ رہتے ہیں۔ اوپر کا حصّہ بالکل صاف ستھرا ہے ——— اور میرا کمرہ! وہ بھی بُرا نہیں۔ ہوادار ہے۔ کافی بڑا ہے کرایہ کی سنہری میز اور کرسیاں بھی ہیں۔ اگر دو مہینے سے کسی چیز کا کرایہ ادا نہیں ہوا

تو نرائن کو کیا معلوم۔

پھر بھی میں چپ نہ رہ سکا۔ اور مجھے یہ کہنا پڑا۔

"نرائن"! یہاں میرے پاس ویسی شاندار کوٹھی نہیں ہے۔ تم دیکھو گے تو حیرت میں آجاؤ گے کہ میں کتنا بے سروسامان ہوں تم جانتے ہو میں یہاں کاروباری آدمی کی زندگی گزارتا ہوں۔ بالکل ایک بنیا کی طرح۔ پرانی ٹھاٹ ختم۔"

نرائن نے کہا۔

"باوا کا پیسہ نہیں ہے اب" اب تو اپنی کمائی ہے نا۔۔۔۔۔"

میں مطمئن ہو گیا نرائن کو میری طرف سے ابتک خوش فہمی ہے۔ میری جیب میں پانچ روپے اور کئی آنے پیسے تھے۔ مجھے اطمینان تھا کہ اُن سے نارائن کی خاطر کی جا سکتی ہے۔ چائے کیک اور پان سگریٹ یہ اسکتا ہے زیادہ کی ضرورت نہیں۔ نرائن یہ تو جانتا ہی ہے کہ میں کوئی لکھ پتی نہیں۔

ہم دونوں تیزی کے ساتھ چل رہے تھے، راستہ میں ادھر اُدھر کی باتیں ہوتی رہیں۔ آخر ہم لوگ اُس چار منزلہ عمارت کے قریب آ گئے جہاں مجھ جیسے بہت سے آدمی کبوتروں کی طرح رہتے ہیں۔ دن بھر کڑی محنت کر کے روٹی کماتے ہیں اور رات کو تھوڑی دیر چڑیوں کی طرح شور مچا کے سو رہتے ہیں میں نے نرائن کو مکان دکھایا۔ باہر سے بڑا شاندار اور پُر رونق تھا۔ باہری حصے میں ایک حلوائی کی دکان تھی۔ ایک بنگالی کا ہوٹل تھا اور ایک پان والے کی دوکان میری ضرورت کی ساری چیزیں فوراً ہی مل سکتی تھیں ——— میں نرائن کو ساتھ لیتا ہوا اندر آیا۔ نچلی منزل میں کچھ مزدور انگیٹھیوں پر اپنا کھانا پکا رہے تھے۔ کوئی گیت گا رہا تھا۔ اور کوئی دوسرے سے اپنے گھر کی باتیں وسرا

رہا تھا۔ میں تیزی کے ساتھ سیڑھیاں چڑھنے لگا۔ نرائن میرے پیچھے پیچھے آرہا تھا۔ مجھے ڈر تھا کہ وہ کوئی ریمارک نہ کرے میرا خیال صحیح نکلا۔ آخر اُس نے کہہ ہی دیا۔

" ریاض! تم اس مکان میں کس طرح رہتے ہو۔ اور اب تک زندہ کیسے ہو؟"

مجھے نرائن سے اسی کی امید تھی۔ وہ دولتمند آدمی تھا۔ مجھے یقین تھا کہ میری زندگی اُسے نہیں بھائے گی میں نے بات بناتے ہوئے کہا۔

"نرائن یہ بڑی اچھی جگہ ہے۔ مجھے تو ایسا آرام اور کہیں نہیں مل سکتا۔"

وہ بولا۔" اور یہ ہنگامہ"

"کیا کیا جائے مگر خلوص اور محبت انہیں غریبوں میں ہے۔"

نرائن کو لیکر میں اپنے کمرے کے سامنے پہنچا۔ میرے کمرے کے دروازہ میں دو تالے بند تھے۔ ایک تو میں نے خود ہی بند کر رکھا تھا۔ دوسرا کس نے بند کر دیا تھا۔ مجھے معلوم نہ تھا میں گھبرا گیا۔ آخر یہ کہکر بات ختم کر دی کہ ایک میرے دوست بھی ٹھہرے ہیں۔ شاید انہوں نے ہی دوسرا تالا لگا رکھا ہے حالانکہ اس تالے کی ایک کنجی میں نے انہیں دے رکھی تھی۔ اور دوسرا تالا انہیں بند کرنے کی کوئی ضرورت نہ تھی۔

نرائن نے معذرت کی۔ اور جانے کی اجازت چاہی۔ وہ ایک دوسرے دوست کے ساتھ ٹھہرا ہوا تھا میں آہستہ آہستہ نیچے اترا۔ اور نرائن کو رخصت کرکے پھر اپنے کمرے کی طرف چلا۔ جیسے ہی میں مکان میں داخل ہوا اور سیڑھی پر پاؤں رکھنا چاہا مکان کے بوڑھے دربان نے کہا۔

صاحب آپکے کمرے میں تالا میں نے بند کیا ہے۔ مالک کا یہی حکم ہے۔ آپ نے تین مہینے سے کرایہ نہیں دیا ہے سیٹھ صاحب بہت رنج تھے۔

میں نے دربان کو پھٹی پھٹی آنکھوں سے دیکھا۔ اور کوئی جواب نہ دے سکا۔ اس نے پھر کہا۔

"میں تالا اسوقت تک نہیں کھول سکتا جبتک آپ کرایہ نہ ادا کردیں' آخر کرایہ کب تک دینگے آپ؟"

میں مشکل سے کہہ سکا۔

"جلد ہی ادا کردوں گا"

اتنے میں وہ تین مزدور آ گئے۔ مجھے بڑی ندامت محسوس ہوئی۔ جیسے میں نے چوری کی ہو۔ سارے بدن میں ایک قسم کی گرمی پھیل گئی۔ اور میں بات بڑھنے کے ڈر سے کچھ کہے سنے بغیر وہاں سے باہر چلا آیا۔

سڑک پر وہی بہار تھی۔ کہیں کسی قسم کی کمی نہ تھی۔ ہوٹل کے سامنے کچھ لوگ بیٹھے چائے پی رہے تھے۔ اور گھوڑدوڑ کی باتیں کر رہے تھے۔ روپیوں کی باتیں سن کر مجھے سخت تکلیف ہوئی۔ اور میں وہاں سے آگے بڑھ گیا۔

نومبر کا مہینہ تھا۔ اور ہلکی ہلکی سردی پڑنی شروع ہو گئی تھی میں گرم کپڑے بھی پہنے ہوئے نہیں تھا۔ ٹھنڈک محسوس ہونے لگی۔ سوچنے لگا۔ اب کیا کرنا چاہیے تین مہینے کا کرایہ کس طرح ادا ہو میری جیب میں پانچ روپے اور چند آنے ہیں۔ یہی میری کل پونجی ہے۔ اور تین مہینے کا کرایہ دینا ہے ——— یعنی اکیس روپے۔ آخر آئیں گے کہاں سے؟ سوچتا ہوا آگے بڑھا۔ تھوڑی دور جا کر ایک اور چھوٹا سا ہوٹل تھا۔ مجھے تھکن سی محسوس ہونے لگی میں ہوٹل میں داخل ہو گیا۔ ہوٹل گرم ہو رہا تھا میں نے کھانے کو مانگا۔ لقمہ حلق سے نیچے نہ اترتا تھا۔ پھنستا ہوا معلوم ہوتا تھا۔ کھانے میں مزا بھی نہ ملا۔ پھر چائے منگائی۔ اتنے میں ایک قد آور آدمی رکشے سے اتر کر ہوٹل میں آیا۔ اور چائے مانگی۔ ہوٹل والے نے پوچھا۔

"کہاں کا ارادہ ہے سیٹھ"؟

"ارے یار تو روز ہی ٹوکا کرتا ہے۔ ارادہ کہاں کا ہوگا۔ جانتا ہی ہے تُو ــــــ"

ہوٹل والے نے پھر پوچھا۔

"بس چمپا کے گھر اور کہاں"

ہاں تو اور کہاں میرا اور کہاں گھر ہے۔ دن بھر محنت کی۔ رات کو اُس کے گھر آرام کیا۔

میں نے پیسے دیئے اور کچھ سوچے سمجھے بغیر چل پڑا۔ نو بج چکے تھے۔ خیال آیا کہ رات کس طرح کٹے گی کیسی دوست سے کچھ روپے قرض لیکر دربان کو کھوا کر دوں۔ اور بقیہ روپیوں کا وعدہ کر دوں لیکن خیال آتے ہی یہ بھی یقین آگیا کہ یہ کبھی نہ مانے گا۔ یہ شخص پہلے پولیس میں جمعدار رہ چکا ہے۔ اس کے دل میں رحم کہاں؟ اُس کا جھری والا چہرہ، گھسے ہوئے دانت اور دھنسی دھنسی آنکھیں یاد آگئیں یقین ہو گیا کہ وہ کبھی نہ مانیگا جس طرح بھی ہو۔ لیکن ساتھ ہی ایک خوشی ہوئی۔ اُس نے زنان کے سامنے کچھ نہیں کہا۔ میری عزت رہ گئی۔ اگر اُس کے سامنے کچھ کہہ دیتا تو بڑی بے عزتی ہوتی لیکن پھر خیال ہوا مگر حیدر کہاں رہیگا۔ وہ غریب میرے ساتھ آکر ٹھہرا ہے۔ اگر دربان زنان کے سامنے کہہ دیتا تو یہ مصیبت بھی ختم ہو جاتی۔ وہ فوراً جیب سے روپے نکال کر گن دیتا۔ سوچا کر زنان سے چلکر روپیہ قرض لے جائیں۔ مگر وہ کہاں ٹھہرا تھا، مجھے معلوم نہ تھا۔

اسی قسم کی باتیں سوچتا ہوا کچھ دور اور بھی نکل گیا۔ مسجد سے نماز پڑھکر لوگ نکل رہے تھے میں کھڑا ہو گیا۔ بعض ملاقاتی بھی تھے۔ باتیں کرنے لگا لیکن دل رندھا ہوا تھا۔ مسجد سے سیٹھ یعقوب نکلے صاحب سلامت ہوئی۔ چمڑے کے بڑے آڑھت دار تھے۔ اپنی عادت کے مطابق بڑے

تپاک سے ملے۔ باتیں کرتے ہوئے اپنے مکان تک لے گئے۔ پھر چائے پلائی۔ پان کھلایا۔ ان کے کچھ اور ملنے والے بھی تھے۔ اُن سے ملایا۔ دیر تک باتیں ہوتی رہیں۔ تپاک سے کہا۔

"آپ سے جب ملاقات ہوتی ہے۔ دل خوش ہو جاتا ہے۔ بہت دنوں پر ملاقات ہوئی ہے دل نہیں چاہتا کہ جانے دوں مگر مجبور ہوں۔ بہت سے دوست آ گئے ہیں۔ اور سوچ رہا ہوں کہ کہاں کہاں اور کس طرح ان لوگوں کے سونے کا انتظام کر دوں۔"

میرا دل سن سے ہو گیا۔ میں جب کبھی بھی اُن سے ملنے آیا تھا۔ تو وہ ٹھہر جانے کی ضد کرتے تھے۔ اس رات کو وہاں باتیں کرتے کرتے جب دیر ہو گئی تو میں نے سوچا کہ انہیں کے وہاں سو رہوں گا لیکن سیٹھ یعقوب کے ایک جملے نے مجھے پھر بدحواس کر دیا۔ سچ بات تو یہ ہے کہ کلکتے میں چار وقت کھانا کھلا دینا آسان ہے۔ مگر ایک وقت ٹھہرنے کی جگہ دینا مشکل ہے ایک دل چاہا کہ سیٹھ صاحب سے سارا حال کہہ دوں لیکن پھر کچھ سوچ کر رہ گیا۔ دس بج گئے تو اُن سے رخصت ہوا۔

اب پھر میں بازار میں تھا۔ بازار میں وہی رونق تھی مگر میں اداس تھا۔ یا اگر دوسرے ہوں بھی تو میں اُنہیں جانتا تھا نہیں سر جھکائے فٹ پاتھ پر جا رہا تھا۔ سوچ رہا تھا۔ آج کہاں سونے کی جگہ مل سکتی ہے۔ یہ ناگہانی مصیبت کیسے ٹلے لیکن سارے کلکتے میں میرے لئے پناہ کی کوئی جگہ نظر نہ آتی تھی اور میرا دماغ ایسی جگہ ڈھونڈھ نکالنے کی فکر میں ہر ملاقاتی کے گھر کا چکر کاٹ رہا تھا لیکن آخر میں دل کہتا تھا کہ وہاں جانا مناسب نہیں ——

اسی طرح کی باتیں سوچتا ہوا میں ایک پارک کے قریب پہنچا۔ سارا بدن تھکا ہوا محسوس ہونے لگا۔ بے سمجھے بوجھے پارک میں جا کر ایک بنچ پر بیٹھ گیا۔ وہاں ہلکی ہلکی سردی محسوس ہونے لگی

شبنم برابر گر رہی تھی۔ پاس ایک دوسرے بنچ پر ایک بنگالی نوجوان بیٹھا تھا۔ سر کے بال پاگلوں کی طرح بکھرے ہوتے۔ وہ بنچ بجلی کی روشنی سے بالکل ہی قریب تھا۔ اس روشنی میں وہ ایک موٹی سی کتاب پڑھ رہا تھا۔ اور اس انداز سے جیسے وہ ختم کرکے اٹھنے کا فیصلہ کر چکا تھا۔

لیکن بنگالی نوجوان کی طرف سے میرا خیال فوراً ہی ہٹ گیا۔ میں پھر رات کے وقت ٹھہرنے کی فکر میں لگا رہا۔ اب مجھے ہلکی ہلکی سی نیند بھی آنے لگی تھی۔ سخت فکر ہوئی۔ پارک میں اکلوتا آدمی باقی رہ گئے تھے۔ میں بنچ پر لیٹ گیا۔ دل چاہا کہ کوئی درد بھرا گیت گاؤں۔ اور خوب جی کھول کر روؤں مگر نہ گا سکا نہ رو سکا۔ پارک کے چاروں طرف سڑک کے بعد عالیشان مکانات تھے میں نے حسرت بھری نظروں سے چاروں طرف دیکھا۔ اور دل میں ایک ہوک اٹھی میں نے فیصلہ کر لیا کہ آج کی رات پارک ہی میں کاٹ دوں گا۔

میں یہی باتیں سوچ رہا تھا کہ پارک کے پہرہ دار نے آکر مجھے اٹھایا اور کہا۔

"بابو صاحب یہاں سونے کا حکم نہیں ہے۔"

میں گھبرا کر اٹھ بیٹھا اور بولا۔

"میں سو نہیں رہا ہوں ——"

"اب جائیے گھر گیارہ بج رہے ہیں۔ اب پارک کے دروازے بند کر دوں گا۔"

میں نے بڑے تالاب کو دیکھا۔ جو پارک کے بیچوں بیچ میں تھا۔ تھیر پانی پر آس پاس کے مکانات میں جلنے والی بجلی کے قمقموں کا عکس کھیل رہا تھا۔ میرے دل و دماغ کی عجیب کیفیت ہو گئی اب کہاں جاؤں۔ گیارہ بج رہے ہیں۔ اس وقت کون جگہ دیگا۔ آخر ایک دوست یاد آگیا۔ صفدر۔

لیکن صفدر اس جگہ سے پانچ میل کی دوری پر رہتا تھا۔ سوچنے لگا۔ کیسے جاؤں؟ چلنے کے لئے کوئی سواری بھی نہ تھی۔ اور ٹہلتے ہوئے پہنچ جانا سخت مشکل تھا معلوم ہوا جیسے کسی نے امید کے چراغ کو پھونک کر بجھا دیا میرے سارے بدن میں گرمی پھیل گئی۔ یکایک وحشت کی کیفیت طاری ہونے لگی۔ دل چاہا کہ اس تالاب میں کود کر جان دیدوں کہ اس قسم کی لاابالی زندگی کا خاتمہ ہو جائے

میں پارک سے سوچتا ہوا نکلا۔ آخر یہ زندگی کیا ہے؟ صبح سویرے اٹھتا ہوں معمولی سا ناشتہ کرکے کام کی تلاش میں نکلا ہوں۔ جہاں جو کچھ مل گیا۔ کھالیا کبھی دوستوں کے چائے پر ہی سارا دن کٹ گیا۔ قرض پر ساری امید ہے۔ نہ رہنے کا ٹھکانا اور نہ کھانے کا۔ اب اس وقت کہاں جاؤں کس کا دروازہ کھٹکھٹاؤں۔ میرا کونسا ایسا ہمدرد بیٹھا ہے جو اس وقت پناہ دیگا۔

میں بڑھتا چلا گیا جتنا زیادہ سوچتا تھا کہ کہاں رات کو پناہ لیجائے۔ دماغ اتنا ہی زیادہ الجھتا تھا۔ کوئی بات سمجھ میں نہ آتی تھی۔ آخر میں نے فیصلہ کیا کہ کسی درخت کے نیچے فٹ پاتھ پر پڑ رہوں ——— سڑک کے کنارے پر درخت کو دیکھتا جاتا تھا کہ کوئی مناسب درخت ملجائے۔ جس کے نیچے چھپ کر زمین پر لیٹ سکوں۔ لیکن کوئی ایسا درخت بھی نظر نہ آتا تھا معلوم ہوتا تھا کہ ساری دنیا میں میرے لئے پناہ کی کوئی جگہ باقی نہ رہی۔

یکایک ایک بازاری نوجوان بیچ سڑک سے گاتا ہوا گذرا ؎

"کوٹھے پر جو نظر گئی۔ دل پر چھری چل گئی۔ بانکی البیلی ثریا کرے ہے انتظار"۔ ۔ ۔ ۔

یکایک معلوم ہوا جیسے ساری مشکل حل ہو گئی۔ بس آج کی رات ثریا کے گھر۔ بہت سے لوگ وہاں جاتے ہیں میں نے جیب میں ہاتھ ڈالا جیب سے آواز آئی۔ سوچا آج کی رات تو

مزے سے کٹ جائے۔ کل دیکھا جائے گا۔

لیکن جیب میں اتنے پیسے نہ تھے۔

وہ رات مجھے آج تک یاد ہے ——— ♦

بے چارہ

آج رحمو کو اپنی بیوی دن بھر یاد آتی رہی جب وہ سر پر اینٹوں کی ٹوکری رکھ کر تیسری منزل پر اسے رکھنے جاتا تو بھی اسکی میٹھی یاد اسے ستاتی رہتی۔ کام میں اس کا دل بالکل نہیں لگا۔ اور نہ کام کام جیسا معلوم ہوا دس سال کی لمبی مدت میں رجیا کی یاد نے اسے اتنا زیادہ کسی دن بھی نہ ستایا تھا کئی مرتبہ ایسا ہوا کہ وہ یاد آئی دل مچلا جی چاہا کہ جا کر اس سے مل آئے۔ مگر پھر جی بہل گیا۔ ساری کسک مٹ گئی ——— اسکا بڑا بھائی دس دنوں کیلئے اور کبھی ان سے بھی زیادہ دنوں کے لئے گھر جاتا تھا۔ وہ ہمیشہ روپیہ کما کر بھیجتا اور جب جاتا۔ تو اپنی بیوی بچے کے لئے اچھے اچھے کپڑے اور بہت سی چیزیں خرید کر لے جاتا تھا۔ اسلئے اس کے بھائی کی اپنے محلے میں اپنے پرائے میں بڑی تعریف ہوتی تھی۔ رحمو بھی اس بات کو سمجھ گیا تھا کہ اصل بڑائی اس میں ہے کہ پردیس میں جا کر کمائے۔ ہر مہینے بیوی کو

روپیہ بھیجے اور سال دو سال پر بہت سی چیزیں خرید کر اپنے ساتھ گھر لے جائے۔ اس سے بیوی بھی خوش رہتی ہے اور اپنے پرائے میں بھی نام ہوتا ہے۔

اسی لئے رحمو بیاہ کے ایک مہینہ بعد ہی پردیس چلا آیا۔ دو برس تک بند کام کرتا اور ہر ماہ بیوی کو کچھ روپئے بھیج دیتا۔ وہ چاہتا تھا کہ اس سے بھی زیادہ بھیجے۔ مگر کمائی تھوڑی تھی۔ زیادہ بھیجنا مشکل تھا۔ ہر ہفتہ گھر سے خط آتا تھا خیریت معلوم ہو جاتی تھی۔ اسے اطمینان تھا کہ وہ اپنا فرض پوری مستعدی کے ساتھ ادا کر رہا ہے۔ اس دوران میں رجیا اسے اکثر یاد آتی رہی اور خاص کر رات کو سوتے وقت جب اسکو کوئی کام نہ ہوتا۔

وہ دن بھر کا تھکا ماندہ اپنی چٹائی پر پاؤں پھیلا کر سو جاتا تھا مگر آج اسے رجیا بہت یاد آرہی تھی۔

بات یہ ہوئی کہ جب وہ کام پر جانے لگا۔ تو شاہ جی پان والے نے پکار کر اُسے ایک لفافہ دیا وہ سمجھ گیا کہ رجیا کا خط ہے۔ اُس نے جیب میں رکھ لیا۔ اور سوچا کہ راستے میں دتو سے پڑھوا لیگا وہ پڑھا لکھا آدمی ہے، جب دتو کے یہاں پہنچا تو اس نے اُسے کچھ چیزیں کھلائیں۔ جو اُسکی بیوی نے بنا کر بھیجی تھیں۔ رحمو کو ایک جھٹکا سا لگا۔ رجیا صرف خط لکھا کرتی ہے پر کبھی کوئی چیز بنا کر نہیں بھیجتی۔

مگر جب دتو نے اُسے خط پڑھ کر سنایا تو اُس کا دل سو سو کر ڈھیں لینے لگا۔ رجیا نے یہ خط چپ چاپ ایک لڑکے سے لکھوا کر بھیجا تھا۔ اور بڑی آرزو کے ساتھ اُسے بلایا تھا۔ اسی لئے کام پر پہنچتے ہی رحمو نے منشی جی سے حساب صاف کرنے کو کہہ دیا تھا۔ اُس نے فیصلہ کر لیا تھا کہ دن بھر کام کریگا شام کو روپے لیکر واپس آئیگا۔ کچھ چیزیں خریدے گا۔ پھر رات کی گاڑی سے روانہ ہو کر دوسرے دن شام تک گھر پہنچ جائیگا لیکن منشی نے حساب صاف نہیں کیا ابھی مہینہ پورا ہونے میں بہت دن باقی تھے۔ کام زیادہ تھا اور آدمی کم تھے۔ رحمو کو منشی جی پر دن بھر غصہ آتا رہا اور رجیا کی یاد دن بھر ستاتی رہی

وہ کام ختم کر کے جب واپس ہوا۔ تو اسکے دماغ میں صرف ایک بات چکر کاٹ رہی تھی۔ گھر کیسے جائے حساب نہیں ہوا صرف تین روپے پاس ہیں۔ چھ روپے کے قریب ریل کا کرایہ ہے۔ پھر رجیا کے لئے سوغات یہ سب کہاں سے آئیگا۔ اس نے سوچا کہ کسی سے قرض لے لے لیکن قرض دینے والا کوئی نہ تھا۔ اس کا دل مچل مچل کر رہ جاتا۔ رجیا کے بغیر گھر سے دور پردیس میں وہ اپنی زندگی کو سوکھی ندی کی طرح اداس محسوس کرنے لگا۔ وہ سوچنے لگا۔ یہ بھی کیا زندگی ہے۔ دن بھر محنت مزدوری کرتا ہے رات کو سو رہتا ہے۔ بیوی سے دور ہے۔ ہر مہینہ روپے جمع کر کے بھیج دیتا ہے جس کے لئے کماتا ہے اُسی سے دور ہے۔ یہ تو حد درجہ کی بدنصیبی ہے عورت کے بغیر زندگی ہی کیا؟

اس کا گھر سینکڑوں میل دور تھا اور وہ جلدی پہنچ بھی نہ سکتا تھا اس کو اپنی مجبوری کا پورا پورا احساس ہوا۔ دل دھڑکنے اور کڑھنے لگا۔ اس نے سوچا۔ وہ لوگ کیسے خوش نصیب ہیں جو اپنی بیوی کے ساتھ زندگی گزارتے ہیں۔

اس کو رجیا کی ایک ایک بات یاد آنے لگی۔ بیاہ کے بعد پہلی رات اسکا بدن سمٹائے بیٹھے رہنا۔ آنکھیں بند کئے گٹھڑی کی طرح بندھی رہنا۔ ذرا سا بدن چھو دینے پر اس کا اور بھی بدن چرانا اپنا بار بار چھیڑنا۔ اور رجیا کا سہم سہم جانا۔ پھر آہستہ آہستہ اس کے دل سے ڈر کا مٹنا۔ لجائی لجائی آنکھیں لجائی لجائی مسکراہٹ، لجائی لجائی باتیں —— اور بہت سی باتیں —— معلوم ہوا جیسے کسی نے اس کا دل لیکر مسل دیا ہو۔ اُسے محسوس ہونے لگا۔ جیسے عورت کے بغیر انسان کی زندگی بغیر چراغ کا گھر ہے۔

اس کے قدم بہت ہی آہستہ آہستہ اُٹھ رہے تھے جتنی دیر میں وہ آدھا راستہ طے کر سکا

بھلا اتنی دیر میں وہ گھر پہنچکر کھانے کا سامان درست کرنا شروع کر دیتا تھا۔ وہ کبھی سوچتا تھا۔ کہ جس طرح ہو آج رات کی گاڑی سے گھر روانہ ہو جائے کبھی سوچتا مہینہ پورا کر کے جائے۔ دو تین مہینے ڈٹ کر رہے۔ بلکہ آتے وقت رجیا کو بھی ساتھ لیتا آئے۔ اُس کے آجانے سے بہت آرام ہوگا مگر پھر وہ رہے گی کہاں؟ ایک کوٹھری میں تو چار آدمی رہتے ہیں کم سے کم اسکے لئے ایک اکیلی کوٹھری چاہئے۔ مگر کوٹھری کا کرایہ چار روپیہ ہے ——— یہ کہاں سے آئے گا؟ اسکا دماغ چکرا کر رہ گیا۔ کوئی فیصلہ نہ کر سکا۔

تھوڑی دور پر ایک عورت جاتی ہوئی نظر آئی۔ اُس نے سوچا رجیا بھی اسی طرح اپنے گاؤں میں پھرتی ہوگی۔ لیکن اسکے بعد ہی رجیا کا خیال اُس کے دل سے مٹ گیا۔ اور صرف عورت کا خیال رہ گیا صرف عورت کا۔ اُس نے سوچا مرد کے لئے دنیا میں سب سے بڑی نعمت عورت ہے۔ جب یہ مل جاتی ہے تو آدمی کی زندگی سنور جاتی ہے۔ کھانا پکا کر کھلاتی ہے۔ بدن اور سر دابتی ہے۔ ہر طرح کی خدمت کرتی ہے جب ہنسکر باتیں کرتی ہے تو آدمی ساری تھکن کو بھول جاتا ہے پھر اسی سے بال بچہ ہوتا ہے۔ ہر طرح کا آرام ہر طرح کا سکھ!

عورت کو اُس نے پھر غور سے دیکھا مگر وہ ذرا دور جا چکی تھی ——— اُس کی صورت بھی وہ نہ دیکھ سکا مگر پھر بھی پلٹ پلٹ کر اُسے دیکھتا ہی رہا ——— ساتھ ہی اُس کو سمندری یاد آگئی ہر روز اُس کے ساتھ کام کرتی تھی۔ اُس کی جوانی تو ڈھل چکی تھی مگر پھر بھی برسی تیکھی رنگ بھی چمپیا تھا۔ رمو کو سمندری کو یاد کر کے بڑا لطف آیا۔ اُس نے سوچا کہ کل اس سے بات کرے گا وہ اپنی عادت کے مطابق ہنسکر جواب دیگی۔ اُسے ایک بات اور یاد آگئی۔ لوگ کہتے ہیں کہ سمندری

پر منشی جی نے کبھی ہیں۔ اور اُس کی عزت لے چکے ہیں۔ یہی وجہ ہے۔ کہ اس کا بہت خیال کرتے ہیں۔ اب بھی وہ کبھی کبھی اُن کے گھر جایا کرتی ہے۔

یہ خیال آتے ہی اسے سمندری اور منشی جی دونوں سے نفرت سی ہونے لگی۔ مگر ساتھ ہی اُسے یہ بھی خیال آیا۔ کہ اگر سمندری اُسے بھی ایک دن مل جائے۔ تو کچھ بُری نہیں۔ بلا سے عزت ہے اس سے بیاہ تھوڑے ہی کرنا ہے سمندری اُسے مل جائے اس خیال ہی سے اُسے بہت لطف آیا اور امید بندھ گئی۔ کہ سمندری ضرور مل جائے گی۔ اسکے قدم ذرا تیز اُٹھنے لگے۔ اور ساتھ ہی اُس کے ہونٹ بھی ہلنے لگے۔ وہ منہ ہی منہ میں گا رہا تھا۔

تورے نین ہیں زہر کے پیالے تورے چتون ہیں آرے کٹار

وہ مزے لے لے کر دہراتا ہوا آگے بڑھتا گیا۔ اسے سمندری یاد بھی نہ رہی۔ اب ہلکے ہلکے سُروں میں گاتا ہوا اپنے ڈیرے کی طرف جا رہا تھا۔ اسی طرح کسی کے نینن اور چتون کا راگ یاد رہ گیا تھا — یکایک اُس کی نظر ایک جوان عورت پر پڑی۔ جو سر پر ٹوکری رکھے چلی جا رہی تھی۔ رحمو نے گانا شروع کر دیا — جانی جوبن پہ نہ اترایا کرو

عورت شرما گئی اور تیزی سے قدم اٹھانے لگی۔ رحمو کو اپنی اس حرکت میں بڑا مزا آیا اور وہ کھڑا ہو کر عورت کو دیکھنے لگا۔ وہ جلدی جلدی قدم بڑھائے چلی جا رہی تھی۔ جب وہ دور چلی گئی تو رحمو پھر ٹہلتا ہوا بھی گاتا ہوا — جانی . . . . . . اسے بار بار گانے سے بڑا مزا آ رہا تھا۔ یکایک کسی نے پوچھا

"کس سوچ میں ہو رحمو ؟"

رحمو نے پلٹ کر دیکھا۔ یہ شاہ جی پان والے تھے۔ رحمو ان کی دکان پر پہنچا اور پان کی فرمائش

کی۔ شاہ جی نے پوچھا۔

"کیا سوچ رہے تھے تم؟"

رحمو نے ہنستے ہوئے کہا۔

"کوئی عورت شاہ جی بڑی موہنی سی ہے!"

شاہ جی داڑھی کو کھجاتے ہوئے بولے

"کیوں ریجھ گئے کسی پر؟"

رحمو نے جواب میں ہنس کر بتیسی دکھا دی۔ شاہ جی پانچوں وقت پابندی سے نماز پڑھتے تھے۔ اور سب کو اچھے کام کرنے کی تلقین کیا کرتے تھے۔ لیکن ہر قسم کی باتیں میں دلچسپی لیا کرتے تھے اور پاس رہنے والے مزدوروں کے خط لکھتے اور پڑھتے تھے۔ سب کا کرید کرید کر اسکا حال پوچھتے اور کبھی دعا تعویذ سے مدد بھی کرتے تھے۔ بڑے شریف مشہور تھے۔ رحمو نے ذرا کھسیانی ہنسی ہنستے ہوئے کہا۔

"نہیں جی ———"

اور دکان میں لگے ہوئے آئینے میں اپنی صورت دیکھنے لگا۔ آئینے کے پاس ہی ایک اچھی سی تصویر تھی۔ باغ میں ایک عورت اور ایک مرد ——— رحمو کو تصویر بڑی اچھی معلوم ہوئی۔ اس نے پوچھا۔

"یہ تصویر کہاں سے ملی شاہ جی؟"

"کیوں؟" شاہ جی نے پوچھا۔

"بڑی اچھی تصویر ہے!" رحمو بولا۔

شاہ جی مسکرائے اور بولے۔

"آج کیا بات ہے رحمو بڑے خوش نظر آتے ہو؟"

رحمو نے شرما کر کہا۔

"ہاں دیکھئے شاہ جی!"

مگر شاہ جی نے اُس کو پھسلا کر پوچھ ہی لیا۔ رحمو نے سندری کا سارا قصہ سنا دیا۔ شاہ جی مسکرائے۔ رحمو کی ہمت بڑھ گئی اور اُس نے ایک تعویذ کی فرمائش کر دی۔ شاہ جی نے کہا۔

"اچھا اگلی جمعرات کو ——"

اب رحمو کی ہمت اور بڑھ گئی۔ نفسانی خواہشات کی تکمیل کی ناکام تمنا دل میں کروٹ لینے لگی۔ شاہ جی نے اُسے رنگ میں دیکھ کر پوچھا۔

"اچھا رحمو بتاؤ۔ تم نے کبھی کسی دوسری عورت سے محبت کی ہے؟"

رحمو جیسے اچھل پڑا۔ بولا۔

"ہاں جی —— بیاہ سے پہلے ایک تھی جو مجھ پر جان دیتی تھی۔ اس کا بھی بیاہ ہو گیا۔ ہم لوگ سورج ڈوبنے پر ادھر کے کھیت میں ملا کرتے تھے —— وہاں گھنٹوں پیار اور محبت کی باتیں کرتے رہتے تھے۔ بہت سی باتیں شاہ جی! بڑی اُٹھتی جوانی تھی اس کی ——"

شاہ جی مسکراتی ہوئی نگاہوں سے رحمو کو دیکھتے رہے۔ رحمو نے دیکھا تو سمجھا۔ کہ شاہ جی کو یقین نہیں ہو رہا ہے۔ بولا:۔

"قسم ہے شاہ جی! ایک ایک لفظ سچ کہہ رہا ہوں۔ اس کا بدن اتنا نرم تھا ——

آہا ہا —— اور آنکھیں بس آم کے پھانک!"

مگر دل میں وہ سمجھ رہا تھا کہ ایک ایک لفظ جھوٹ کہہ رہا ہے۔ ساری کہانی من گھڑت ہے —— شاہ جی نے رحمو کو پان دیا۔ وہ پان کھا کر دیر تک سامنے کے آئینے میں طرح طرح سے اپنی شکل دیکھتا رہا۔ اور بازاری گیت گاتا رہا۔

یکایک اُس کے ایک ساتھی نے پکارا۔ اس نے مڑ کر دیکھا۔ اور گاتا ہوا اس طرف چلا —— مگر پھر پلٹ کر شاہ جی سے کہتا گیا۔

"شاہ جی جمعرات کو تعویذ لکھنا نہ بھولیے گا!" ●

پیٹ کی آگ

برسات کا موسم ختم ہو چکا تھا اور دھیرے دھیرے سردی اپنا پر اجمارہی تھی جب تیز ہوا چلتی تھی تو ٹھنڈ بجلی کی لہروں کی طرح بدن میں دوڑ جاتی تھی۔

بھیانک! ڈرکالی رات آدھی سے زیادہ جا چکی تھی۔ سارے شہر پر سناٹا چھایا ہوا تھا۔ بازاری کتے اِدھر اُدھر مارے پھر رہے تھے۔ یا پولس کے سپاہی اپنی ڈیوٹی کے مطابق گھوم گھوم کر پہرہ دے رہے تھے۔ اور آسمان سے چمکیلے تارے آنکھیں پھاڑ پھاڑ کر دنیا پر موت کے اس چھائے ہوئے سناٹے کو دیکھ رہے تھے۔

غریب رحیم دن بھر کا تھکا ہارا اور بھوکا تھا۔ رات اتنی جا چکی تھی مگر وہ ابھی بجلی کے ایک کھمبے سے لگا کھڑا تھا۔ کچھ سوچ رہا تھا۔ اُس کے بدن پر پھٹے اور میلے کپڑے تھے جن کو چھیدتی ہوئی

ٹھنڈی ہوا اُس کے بدن میں گھس رہی تھی۔ شبنم کی دھیمی دھیمی پھوار پڑ رہی تھی۔ اور اُس کے کمزور بدن کو ٹھنڈا کر رہی تھی۔

ٹھنڈی ہوا کا ایک تیز جھونکا آیا۔ اور رحیم کانپ گیا۔ اُس نے بدن کو ہلکا سا جھٹکا دیا اور ہلایا پھر اوپر بجلی کی روشنی کو دیکھا شبنم گرنے کی وجہ سے اُس سے مدھم روشنی پھوٹ پھوٹ کر پھیل رہی تھی بدن ہلا تو بھوک نے پھر کروٹ لی۔ پیٹ میں آگ لگ گئی۔ وہ بے چین ہو گیا۔ مگر جلد ہی سردی نے اُس کے خیال کو بھوک کی طرف سے ہٹا کر اپنی طرف پھیر لیا۔ رحیم نے للچائی نظروں سے اُن بڑے بڑے مکانوں کو دیکھا جو سڑک کے دونوں طرف ایک قطار سے کھڑے تھے۔ اُس کے دل سے ایک چپ آہ اُٹھی۔ اور بیکسی کے ساتھ اُس کے دل ہی میں ڈوب کر رہ گئی۔ پھر اُس نے دور ایک چھوٹے سے مکان کو بھی دیکھا اور سوچنے لگا کہ وہیں جا کر آرام کرے۔ مگر ایک بات اُس کو یاد آ گئی۔ دس بجے کے لگ بھگ ایک بار وہ اس مکان میں جا چکا تھا۔ لیکن مکان کے مالک نے اُسکو وہاں ٹھہرنے نہیں دیا تھا۔ اور بہت خوشامد کرنے پر بھی اُس نے پروانہ کی تھی۔

بیچارہ رحیم بھوک اور ٹھنڈک کو دلاسا دینے کے لئے بلب پر جا کر بیٹھ گیا اور سوچنے لگا آخر کیا ہو گا؟ لیکن کچھ نہ سوچ سکا۔ غریب بیوی کی یاد نے اُس کو بے چین کر دیا جس نے چلتے وقت بار بار کہا تھا کہ جیسے بھی ہو کچھ روپے ضرور بھیج دینا۔ اُس کی مرجھائی ہوئی جوانی اور پھیکا چہرہ، سوکھے ہوئے بدن اور پھٹے ہوئے کپڑوں کی یاد آئی اور وہ کسمسا کر رہ گیا۔ پھر سوچنے لگا۔ وہ اتنے بڑے شہر میں ایک ہفتہ سے آیا ہوا تھا لیکن کچھ نہ کر سکا۔ گھر بھیجنا تو ایک طرف اپنے کھانے پینے کا سامان بھی نہ کر سکا۔ ایک ہفتہ اور چھ آنہ مزدوری جس سے کبھی چنے اور کبھی ستو خرید کر اپنے پیٹ کی آگ بجھا رہا۔

جس وقت وہ شہر میں آیا تھا اُس کے حوصلے بڑھے ہوئے تھے۔ اُس کو یقین تھا کہ کچھ ہی دنوں میں اتنا کمائے گا کہ خود کھانے کے علاوہ کچھ گھر بھی بھیج سکے گا۔ لیکن ہوا کیا؟۔ سارے دن شہر کی خاک چھانتا رہا، نہ کوئی نوکری ملی، نہ ایک پیسہ کی مزدوری۔

دوسرے دن ایک آنہ ملا۔ آدھا من بوجھ ایک بابو صاحب کے گھر پہنچانے کے لئے۔ بھوکا تھا۔ ایک آنہ کا ستو کھا گیا۔ تیسرے دن دو آنے ملے تو اُس کا دل بڑھ گیا۔ ایک آنہ خود کھایا اور ایک آنہ بچا لیا۔ لیکن چوتھے دن بھر کوئی کام نہ ملا۔

اسی طرح وقت کٹتا رہا۔ جب مزدوری کی طرف سے آس ٹوٹ جاتی تو نوکری ڈھونڈنے لگتا اور جب نوکری کی طرف سے نا اُمید ہو جاتا تو بازار میں آکر مزدوری کا کوئی کام دیکھتا۔ لیکن اُس کی ساری کوششیں بے کار رہیں۔

وہ نوکری کے لئے ایک بابو صاحب کے یہاں گیا اور چپ کھڑا رہا۔ ڈر سے زبان نہ کھلی۔ بابو نے خود ہی کہا۔

"ہٹا کٹا ہو کر نوکری کیوں نہیں کرتا۔ بھیک مانگتے شرم نہیں آتی؟"

اس نے دبی زبان سے جواب دیا:۔

"حضور میں بھیک نہیں، نوکری چاہتا ہوں"

بابو نے کرسی پر کروٹ بدلتے ہوئے کہا۔

"تجھے نوکری کون دے گا۔ نہ جانے چور ہے کہ ڈاکو۔ جا کسی دوسری جگہ۔ میرے یہاں کوئی جگہ نہیں ہے۔"

وہاں سے وہ واپس آیا۔ دوسرے اور تیسرے دروازے پر گیا لیکن اُسے نوکری نہ ملی گھبرا کر پھلوں اور ترکاریوں کے بازار میں آیا۔ ایک بابو نے اکڑ کر پوچھا۔

"ارے تم مزدور ہو؟"

رحیم نے بڑی امید کے ساتھ جواب دیا۔

"جی ہاں سرکار۔"

بابو صاحب بولے۔

"تیری ٹوکری کہاں ہے؟"

اس نے جواب دیا

"سرکار میرے پاس ٹوکری نہیں ہے۔"

بابو صاحب نے منہ سے سگریٹ کا دھواں اڑاتے ہوئے کہا۔

"تو میرا کام تجھ سے نہیں چلے گا۔ میرے پاس سامان زیادہ ہے۔

اُس نے کہا۔

"میں اپنی چادر میں باندھ کر سامان پہنچا دوں گا۔"

مگر بابو صاحب نے ایک دوسرے مزدور کو آواز دی

یہ آگے بڑھ کر کچھ کہنا چاہتا تھا کہ آنے والے مزدور نے اس کو گالی دی اور دھکا دے کر پیچھے ہٹا دیا اور ساری ترکاریاں اپنی ٹوکری میں اٹھا کر چلتا بنا۔ یہ منہ دیکھتا رہ گیا۔

رحیم ساری باتوں کو سوچ رہا تھا اتنے میں ایک سپاہی آیا۔ اُس نے دیکھا اور رحیم کے

سر پر ایک چپت مار کر بولا۔

"ابے.... یہاں کیا کر رہا ہے۔ چوری کرنے کا ارادہ تو نہیں؟"

رحیم نے سر اٹھا کر دیکھا اور لال پگڑی کو دیکھ کر کانپ گیا۔ کانپتی ہوئی آواز میں بولا۔

"نہیں حضور میں بہت غریب آدمی ہوں۔"

"تو پھر یہاں کیوں بیٹھا ہے بے...."

"حضور میرا کوئی گھر ہی نہیں ہے جہاں رہوں۔"

سپاہی نیک آدمی تھا۔ دو چار گالیاں دیکر اپنی راہ چلا گیا۔ وہ پھر ساری باتیں سوچنے لگا پھر اس کو خیال ہوا کہ اگر صبح کے وقت کوئی کام نہ ملا تو کیا ہوگا۔

اسی ادھیڑبن میں رات ختم ہوگئی۔ اور گھنٹہ گھر سے چار بجنے کی آواز آئی۔ ستاروں کی روشنی پھیکی پڑنے لگی۔ رحیم ایک لمبی جمائی لیکر کھڑا ہوگیا اور اسٹیشن کی طرف چلا کہ شاید وہاں کوئی مزدوری مل جائے۔

وہ اسٹیشن کی طرف جا رہا تھا۔ مگر بھوک سے اُس کے پاؤں لڑکھڑا رہے تھے۔ اسٹیشن کی طرف سے کچھ سواریاں آتی دکھائی دیں۔ اسکی ہمت اور امید بڑھ گئی۔ وہ تیزی سے قدم اٹھانے لگا دو چار گاڑیاں اُس کے پاس سے ہوتی ہوئی نکل گئیں اور سڑک پر سناٹا ہوگیا۔ اسٹیشن اب بھی دور تھا۔ گاڑی آنی بند ہوگئیں تو اس کی ہمت اور امید ٹوٹ گئی۔ اُس کو یقین تھا کہ مسافر چلے گئے ہونگے۔ لیکن اُس کے پاؤں بڑھتے ہی گئے۔

تھوڑی دور گیا تھا کہ ایک عورت دکھائی دی۔ اُس کے پاس کافی سامان تھا۔ اور وہ

اس کو مشکل سے اٹھائے چلی آرہی تھی، ہاتھ میں ایک چھوٹا سا بکس تھا۔ رحیم اُس کے پاس گیا اور بولا۔

"لاؤ ماں میں پہنچا دوں جو جی میں آئے دے دینا۔"

یہ کہکر اُس نے بکس کی طرف ہاتھ بڑھایا، عورت نے جھٹکے کے ساتھ بکس کو کھینچ لیا اور بگڑ کر بولی۔

"الگ رہ۔"

بکس سے جھن سے آواز آئی رحیم کے دل میں بہت سی باتیں تیزی کے ساتھ آئیں اور نکل گئیں، دل نے پلک مارتے ہی بہت سی کروٹیں لے لیں۔ اس کا ہاتھ پھر بکس پر مضبوطی کے ساتھ پڑا، عورت کے ہاتھ سے چھوٹ کر اسکے ہاتھ میں آرہا۔ عورت کے منہ سے ایک ہلکی سی چیخ نکلی ——

"چو۔۔۔۔۔"

لیکن رحیم کا دوسرا ہاتھ عورت کے منہ پر پڑا —— پھر حلق —— اُس نے عورت کو زور سے دھکا دیا، وہ دور جا گری، سارا سامان اِدھر اُدھر تتر بتر ہو گیا —— عورت سڑک پر تڑپ رہی تھی، اور رحیم آہستہ آہستہ چھپتے ہوئے اندھیرے میں تیزی کے ساتھ نظر سے اوجھل ہوتا جا رہا تھا —— ✦

چار آنے

باپ کچہری چلا گیا تو ریاض نے اطمینان کی سانس لی جیب میں ہاتھ دیکر چونی ٹٹولی اور
مطمئن ہو گیا۔ وہ ڈر رہا تھا کہ کہیں بھانڈا نہ پھوٹ جائے کہیں اُس کی ماں خرچ کے لئے پیسے
نہ مانگ بیٹھے۔ باپ اپنی جیب میں ہاتھ ڈالے اور چونی غائب پائے مگر اُسے یہ سوچ کر تھوڑی
دیر کیلئے اطمینان ہو جاتا کہ باپ کی جیب میں پیسے کافی تھے۔ دوسرے یہ کہ سارے پیسے رشوت کے
ہیں۔ پھر بازار سے خریداری کرتے آئے تھے۔ کہاں یاد ہو گا۔ وہ اپنے باپ کی عادت کو جانتا تھا
وہ کبھی بھولے سے بھی پیسوں کا حساب نہ رکھتا تھا۔ مگر پھر بھی اُس کا دل خیال ہی سے دھک دھک
کرنے لگتا کہ کہیں چوری کھل نہ جائے۔ آخری سہارا بس ایک تھا اور وہ یہ کہ اگر کہیں اور کسی طرح
چونی کے غائب ہونے کا پتہ چل گیا تو وہ صاف کہدیگا کہ معلوم نہیں اور چونکہ کبھی چوری کا الزام

اُس پر نہیں لگا۔ اِس لئے باپ آسانی کے ساتھ یہ سمجھ لیگا کہ چونّی کسی طرح کھو گئی، اور اسے اپنی بے پروائی پر افسوس آئیگا مگر پھر بھی یہ خیال کہ کہیں پتہ چل گیا تو . . . . خیر نہیں ——

لیکن یہ نوبت ہی نہ آئی۔ اُسکے باپ نے کچہری جاتے وقت اُس کی ماں کو روپے دیئے ایک ایک پیسہ جیب سے نکال کر گنا اُس نے چونّی غائب ہونے کی شکایت نہ کی۔ دیا حسن کا سارا ڈر مٹ گیا۔ اُس نے سوچا کہ آج خوب مزا آئیگا۔ اسکول میں بڑھیا سے چنیا بادام اور حلوائی سے مٹھائی لے کر کھائیگا۔ دوسرے لڑکے اُسکو رشک کی نظر سے دیکھیں گے جیسے وہ روز دوسروں کو دیکھتا ہے،

اُس نے جلدی جلدی اپنی کتابیں درست کیں اور دروازے سے باہر نکل کر گلی میں آیا بغل میں کتابوں کا بستہ تھا اور ایک ہاتھ جیب میں۔ وہ برابر چونّی کو دیکھتا اور سوچتا جا رہا تھا کہ اُسے کس طرح خرچ کریگا کون کون سی چیزیں کھائیگا اور اِس دعوت میں کن کن دوستوں کو شریک کریگا اب اُسے پکڑے جانیکا ذرا بھی ڈر نہ تھا وہ اپنے خیالات میں اُلجھا ہوا گلی سے باہر سڑک پر آیا۔ بازار میں زندگی پوری طرح دوڑ رہی تھی۔ اُس نے چاروں طرف نظر گھما کر دیکھا اور سوچنے لگا کہ کون سی چیز خریدی جائے۔ پاس ہی فٹ بال کی ایک دوکان تھی اُس نے ایک فٹ بال کو دیکھا اور دل ہی دل میں افسوس کرنے لگا۔ اگر دو روپے باپ کی جیب سے نکال لیتا تو وہ فٹ بال خرید سکتا مگر۔

اُس نے دل ہی دل میں سوچا ٹھیک ہے۔ لوڈو کا ایک سٹ خریدا جا سکتا ہے، چار ہی آنے کو ملتا بھی ہے۔ خرید کر اسکول لیجاؤں۔ وہاں سارے دوست، ساتھی میری خوشامد کرینگے کہ میں اُنہیں کھیل میں شریک کر لوں۔ ہاں یہ ٹھیک ہے۔ لوڈو خریدنا چاہیے وہ دوکان کی طرف بڑھا مگر۔ مگر پھر جیب گھر واپس آؤں گا تو کہاں رکھوں گا۔ ماں پوچھے گی۔ باپ کہے گا کہاں سے لائے؟

تو کیا جواب دوں گا۔

اُسکا خیال بدل گیا۔ لڈو خریدنا کسی طرح مناسب نہ تھا پھر اُسکا دماغ بالکل خالی تھا اور وہ چاروں طرف باناویں نظریں گھما گھما کر دیکھ رہا تھا۔ یکایک اُسکا ایک ساتھی نصیر آتا ہوا نظر پڑا نصیر ابھی دُور ہی تھا ریاض نے اُسکو آواز دے کر بلایا۔

نصیر آیا۔ دونوں ساتھی اسکول کی طرف بڑھے۔ نصیر نے پوچھا۔

"اِدھر اُدھر تم کیا دیکھ رہے تھے"؟

ریاض کی نظر یکایک پان والے کی دوکان پر گئی۔ دوکان بڑے سلیقے سے سجی ہوئی تھی۔ پان وغیرہ کے علاوہ بہت سی بوتلوں میں رنگ برنگ کا پانی بھر ار کھا تھا۔ پھر شربت، سوڈا، لیمونڈ کی بوتلیں بھی ریاض کے دماغ میں ایک بات یکایک آ گئی لیمونڈ پینا چاہیے۔ اُسنے نصیر کو اپنی طرف کھینچتے ہوئے کہا

"یار بڑی پیاس معلوم ہو رہی ہے لیمونڈ پینا چاہیے"——

نصیر نے جلدی سے کہا

"ہاں یار ہم کو بھی پلاؤ گے نا؟"

ریاض نے مستغنیانہ انداز میں کہا

"واہ یہ بھی کہنے کی بات ہے؟"

دونوں پان والے کی دوکان پر پہنچے اب سوال یہ تھا کہ لیمونڈ کی ایک بوتل خریدی جائے یا دو، ایک بوتل میں کیا ہوگا کون پئے گا اور کون نہیں، ریاض سوچنے لگا لیکن نصیر کو ایک بوتل پلا دیں۔ اُس نے تو کبھی کوئی چیز خرید کر نہیں کھلائی۔ بڑا بخیل ہے مگر بیچارے کے پاس پیسے ہی نہ ہونگے کہاں سے کھلائے بیچارہ۔

ریاض نے پان والے سے کہا ۔ "دو بوتل لیمونڈ دو ۔"

پھر وہ نصیر کی طرف مخاطب ہوا اور بولا۔

"یار نصیر! بڑی پیاس معلوم ہو رہی ہے، تم اپنی بوتل میں سے بھی تھوڑا سا ہمیں دیدینا۔"

نصیر نے بڑی خوشی کے ساتھ کہا ۔ "ہاں یار ضرور۔"

پان والے نے بوتلیں کھولکر دیں۔ ایک بوتل ریاض نے اپنے منہ سے لگائی، دوسری نصیر کو دی۔ ساتھ آستا کہدیا۔

"سب مت پی جانا یار!"

ریاض نے جلدی جلدی پانی پینا شروع کیا۔ ایسا نہ ہو کہ نصیر ساری بوتل ختم کر دے نصیر نے بھی یہی سوچا جتنا زیادہ پینے کا موقع ملے پی لے۔ ریاض برابر تیزی کے ساتھ پیتا گیا۔ لیکن نصیر نے آدھی بوتل ختم کر کے آہستہ آہستہ پینا شروع کیا۔ وہ چاہتا تھا کہ زیادہ سے زیادہ پی لے مگر پھر بھی کچھ چھوڑ دیگا ورنہ ریاض خفا ہو جائیگا۔ پھر کبھی کوئی چیز نہ کھلائیگا۔ ریاض نے جب اپنی بوتل خالی کر دی تو نصیر نے بادل نخواستہ بوتل ریاض کی طرف بڑھا دی۔ بوتل میں ایک چوتھائی پانی موجود تھا لیکن ریاض نے بوتل لیتے ہوئے کہا

"سب پی گئے نا یار!"

"کہاں تو، آدھا بھی تو نہیں پیا ــــــ"

ریاض نے زیادہ بحث نہیں کی۔ بوتل میں جتنا لیمونڈ بچ رہا تھا اُسے پی گیا۔ اِسکے بعد بوتل پان والے کو دیدی اور جیب سے چونی نکال کر دی۔ پان والے نے دوآنی واپس کر دی۔ ریاض نے دوآنی لیکر پھر اُسے واپس کر دی اور بولا : ۔ "ہمیں پیسے دیدو ــــ"

پان والے نے دو آنے پیسے دیدیئے۔ ریاض نے پیسے جیب میں رکھے۔ دونوں ساتھ اسکول کی طرف چلے۔ ریاض راستہ میں ہر چیز کو ایک خاص نظر سے دیکھتا جا رہا تھا۔ اگر اُسکا بس چلتا تو سارے بازار کو خرید لیتا۔ لیکن یہ بات اُسکے بس سے باہر تھی۔ ایک تو پیسے کم، دوسرے چوری کھلنے کا ڈر۔ بلکہ چوری کھلنے کا ڈر اُسے اتنا زیادہ تھا کہ دو آنے میں سارا بازار مل جاتا، تو بھی وہ نہ خریدتا۔

ریاض جب اسکول پہنچا تو دیر ہو چکی تھی۔ مار کھانا ضروری تھا۔ ریاض اور نصیر دونوں اسکول کے پیچھے ایک درخت کے نیچے کھڑے ہو کر سوچنے لگے۔ کیا کرنا چاہئے۔ بہت دیر تک سوچنے کے بعد فیصلہ ہوا کہ آج اسکول سے غیر حاضر، دو تین گھنٹے کی بات ہے۔ سنیچر کا دن ہے سویرے ہی چھٹی ہو جائیگی۔ گھر چلے جائینگے۔ سوموار کے دن ایک درخواست لیتے آئینگے اس پر باپ کے جعلی دستخط بنائیں گے۔ دونوں کا اطمینان ہو گیا۔ وہ دونوں پھر اسکول کے احاطے سے نکلے اور بازار کی طرف چلے۔

بازار میں پوری رونق تھی۔ ریاض کی نگاہیں ہر طرف بھٹکنے لگیں۔ اُسکا دل بڑھا ہوا تھا۔ وہ چاہتا تھا کہ پسند کی کوئی چیز نظر آئے۔ اُسکی جیب میں دو آنے پیسے تھے وہ سارے بازار میں اپنے کو کسی سے کم کسی حالت میں بھی نہ سمجھتا تھا۔ ہر چیز کو خرید لینے کیلئے اُسکا دل چاہتا تھا مگر دو مجبوریاں تھیں، ایک تو یہ کہ پیسے کم تھے۔ دوسرے کوئی ایسی چیز خریدنے پر کسی حال میں بھی آمادہ نہ تھا جسکو دیکھتے ہی اسکے ماں باپ سوال کر بیٹھیں کہ یہ کہاں سے آئے۔

وہ بازار میں چلتا گیا۔ نصیر اُس کے ساتھ تھا۔ بغل میں کتابوں کا بستہ تھا اور دوکانوں پر نگاہیں۔ ہر چیز کو وہ ایسی نظر سے دیکھتا جا رہا تھا جیسے ہر چیز کے متعلق اپنی پسندیدگی یا ناپسندیدگی کا فیصلہ کر چکا تھا۔ لیکن پاؤں کہیں نہیں رُکتا تھا۔ اُس کے پاؤں تھکنے لگے تو وہ ایک بڑی دوکان کے پاس رُک گیا۔ ایک اطمینان کی سانس لی اور اِدھر اُدھر دیکھنے لگا۔

یکایک اُسے پکوڑیوں والا نظر آیا۔ معلوم ہوا جیسے ریاض کو وہ چیز مل گئی جس کی اُسے بہت دیر سے تلاش تھی۔ نصیر کا اُس نے ہاتھ پکڑا اور تیزی کے ساتھ اُس طرف بڑھا۔ نصیر اُس کے ساتھ کھینچتا چلا۔ دونوں پکوڑی والے کے چبوترے کے پاس پہنچ گئے۔ ریاض نے ایک خاص انداز سے پوچھا۔

"کیوں جی پکوڑیاں تازہ ہیں نا؟"

"ہاں بابو جی——"

بوڑھے پکوڑی والے نے جواب دیا۔ ریاض نے شان کے ساتھ کہا۔

"دو ایک ایک پیسے کی۔"

بوڑھے نے دونوں کو ایک ایک پیسے کی پکوڑی دی، دونوں نے کھالی، ریاض کا دل نہ بھرا۔ اُس نے کہا۔

"ایک پیسے کی اور دو——"

بوڑھے نے دی نصیر اُس کا منہ دیکھنے لگا۔ اُس کی نگاہوں میں شکایت تھی۔ اُس نے کہا۔

"کیوں یار اکیلے ہی کھاؤ گے؟"

ریاض نے کہا۔

"نہیں یار——"

اور پانچ پکوڑیوں میں سے دو نصیر کو دیدیں دونوں نے کھائیں مگر دل کسی کا نہ بھرا۔ ریاض نے ایک پیسے کی پکوڑی اور بھی خریدی۔ دو پھر نصیر کو دیں۔ اُس نے شکایت کی۔

"یار ہم کو کم دیتے ہو ——"

"پیسہ جو ہم خرچ کرتے ہیں ۔"

ریاض نے بڑی شان کے ساتھ کہا۔ نصیر چپ ہو گیا لیکن ریاض کو نصیر کا اعتراض برا معلوم ہوا۔ اُس نے دل میں سوچا کہ صد درجہ ناشکرا آدمی ہے کھلاتا ہوں اُلٹی شکایت کرتا ہے خود کبھی کچھ کھلاتا نہیں۔ اُس کا دل تھا کہ اور بھی کچھ کھلائے مگر وہ آگے بڑھا۔

اب اُس کی جیب میں چار پیسے رہ گئے تھے مگر گھر پہنچنے سے پہلے وہ سب کو خرچ کر دینا چاہتا تھا۔ ایسا نہ ہو کہ جیب میں پیسوں کی آواز ہو اور ماں باپ کوئی پوچھ بیٹھے وہ اور آگے بڑھا اُس کا گھر بھی نزدیک آتا جا رہا تھا وہ سخت پریشان تھا کہ ان پیسوں کو کس طرح خرچ کیا جائے

یکایک اُس کے دماغ میں بات آئی۔ پان کھانا چاہئے۔

دونوں پان کی دوکان پر پہنچے۔ وہاں پان بنانے کو بھی کہہ دیا۔ پان والا پان بنانے لگا تو خیال آیا کہ ماں منہ دیکھ کر پوچھے گی۔ پان کہاں کھایا۔ اُس نے نصیر سے اپنی رائے کہہ دی مگر نصیر کا دل چاہ رہا تھا اُس نے سمجھایا کہ پان حالانکہ مانگیگا سو گھر جانے سے پہلے کلی کر کے دھو لیگا لیکن ریاض کی رائے سگریٹ پینے کی ہوئی۔ آخر دونوں نے پان کھایا اور سگریٹ بھی خرید کر پینے لگے۔ انجن کی طرح بھک بھک دھواں منہ سے چھوڑتے آگے بڑھے۔

تھوڑی دیر میں سگریٹ ختم ہو گیا۔ اسکول کا وقت بھی پورا ہو گیا۔ ریاض کو جلد گھر پہنچنے کی فکر ہوئی۔ دیر ہوئی اور ماں نے سوالوں کی بوچھاڑ سے بدحواس کر دیا۔ وہ سگریٹ کا دھواں اُڑاتا ہوا سیدھا گھر کی طرف چلا کبھی وہ پوری شان کے ساتھ دھواں منہ سے چھوڑتا اور کبھی ڈر جاتا کہ کوئی بڑا بوڑھا دیکھ رہے

اگر کسی نے شکایت کر دی تو مار کھانا ضروری ہے۔

اس طرح وہ اپنے مکان جانیوالی گلی کے قریب پہنچ گیا۔ یکایک اس نے سگریٹ کو پھینک دیا اب اُس کے گھر پہنچنے کا وقت ہو چکا تھا، وہ تیزی سے بڑھا لیکن پان یاد آگیا وہ پانی کے نلکے پر کھڑا ہو کر منہ دھونے لگا۔ خوب اچھی طرح دھویا اُس کو منہ دھونے کا بے حد افسوس ہو رہا تھا مگر وہ منہ دھوتا رہا منہ دھو کر پلٹا اور گھر کی گلی کی طرف بڑھا نصیر نے منہ نہیں دھویا۔ شاید اُسے کوئی ڈر نہ تھا دونوں دوست الگ ہو گئے۔ ریاض گھر کی گلی میں گھسنا ہی چاہتا تھا کہ یکایک اُسے یاد آگیا۔ دو پیسے ابھی اور باقی ہیں کہیں ایسا نہ ہو کہ یہی بھانڈا پھوڑ دیں، وہ بہت گھبرایا، اِن پیسوں کو کس طرح خرچ کیا جائے۔ وقت بھی کم ہے نصیر بھی جا چکا نہیں تو اُسی کو دے دیتا۔ کہ رکھ دے۔ آس پاس میں کوئی چیز بک بھی نہیں رہی تھی۔ وہ چاروں طرف آنکھیں پھاڑ پھاڑ کر دیکھنے لگا اُس کو بار بار خیال آتا تھا کہ انہیں بھی خرچ کیوں نہ کر دیا مگر اب کیا ہو!

وہ گلی کے سامنے کھڑا سوچ رہا تھا اور کوئی بات اُس کے دماغ میں نہیں آرہی تھی وہ بہت گھبرایا ہوا تھا۔ وقت پر اُسے گھر پہنچ جانا چاہیے۔ یکایک ایک بڑھیا ڈنڈا ٹیکتی آتی دکھائی دی۔ ریاض کو جیسے کوئی کھوئی ہوئی بات یاد آگئی وہ تیزی کے ساتھ بڑھیا کے پاس پہنچا اور اُس کو جھنجھوڑ کر پوچھا۔ "بڑھیا پیسہ لے گی؟"

جیئے میرا بیٹا۔۔۔۔ اُس نے ہاتھ پھیلا دیا۔ بڑھیا دعائیں دینے لگی۔ لیکن ریاض نے سنا تک نہیں۔ اُس نے دونوں پیسے اُس کے ہاتھ میں رکھے اور اپنے گھر والی گلی میں گھس گیا۔

قیدی

کھڑکھڑ، جھن جھن ——— ہتھکڑی اور بیڑیوں کی زنجیریں بولیں۔

قیدی نے ایک لمبی جمائی لی اور اٹھ کھڑا ہوا۔ چھوٹی سی کوٹھڑی جس میں وہ بند تھا۔ بالکل اندھیری تھی۔ اس نے پھٹی پھٹی آنکھوں سے چاروں طرف دیکھا، مگر وہاں قبر کا اندھیرا تھا۔ کچھ نظر نہ آیا۔ اس کو نیند نہیں آرہی تھی، بدن ٹوٹتا ہوا معلوم ہوتا تھا۔ زنجیروں میں جکڑا ہونے پر نیند کہاں سے آتی ——— اور اس سے زیادہ وہ خیالوں کی زنجیر میں جکڑا ہوا تھا۔ اس اور زراس میں لڑائی چھڑی ہوئی تھی۔ تین مہینے سے وہ قید میں تھا۔ اب اس کا مقدمہ ختم ہو چکا تھا۔ جج فیصلہ سنانے کی تاریخ دے چکا تھا۔ کبھی اس کی دیوی آکر اپنی جھلک دکھا جاتی اس کو یقین ہو جاتا کہ وہ چھوٹ جائیگا۔ اپنے وکیل کی زوردار بحث کو یاد کر کے وہ خوش ہو جاتا اسکو بڑھی

اندھی ماں، بیوی اور جوان بیٹی یاد آجاتی۔ اس خیال سے کہ جلد ہی رہائی پاکر اُن سے ملے گا۔ اس کے دل کا کنول کھلنے لگتا۔ ہونٹوں پر خوشی کی مسکراہٹ دوڑنے لگتی۔ جس کا دیکھنے والا وہاں کوئی نہ تھا ـــــــ لیکن اُس کی یہ خوشی زیادہ دیر تک قائم نہ رہتی۔ نراسا کی دیوی کالی مائی کی مورتی سے زیادہ بھیانک روپ میں اُس کی نگاہوں کے سامنے آجاتی۔ پھر اس کو وہ وقت یاد آجاتا جب اُس نے بوڑھی سنارن کو قتل کیا تھا۔ اُس کی ساری چیزیں لے کر بھاگ آیا تھا۔ اسکو یقین ہوجاتا کہ اُسے پھانسی کی سزا ضرور ہوگی۔ وہ سارے بدن سے کانپ جاتا۔ اُس کی ہولناک چیخ کانوں میں گونج اٹھتی، جو بوڑھی عورت کے منہ سے نکلی۔ مگر حلق ہی میں ڈوب کر رہ گئی تھی اسوقت زیادہ سے زیادہ امید بندھتی تو یہ کہ پھانسی نہ ہوگی۔ لیکن کالا پانی کی سزا تو ضرور ہی ملے گی۔ وہ سوچنے لگتا۔ اُف سب لوگوں سے دور اور اتنی دور کہ نہ مجھے گھر والوں کی خبر ہوگی اور نہ گھر والوں کو میری ـــــــ سوچتا اس سے بہتر ہے کہ پھانسی ہی ملے۔ ایک مرتبہ چھٹی مل جائے موت سے بدتر زندگی گذارنے کا کیا فائدہ۔ بوڑھی اور اندھی ماں کا کون خیال کریگا۔ بیوی جس کی پہلی اور آخری امید میری ذات سے بندھی ہے۔ اُسے کون سہارا دیگا۔ اور جوان بیٹی ـــــــ آہ اسے اب کون بیاہے گا اسی کے بیاہ کے لئے تو یہ سب کچھ ہوا۔ یہ سب خیال کرکے اس کے دل اور دماغ میں کھلبلی سی مچ گئی۔ اور وہ کچھ سمجھے بغیر تیزی سے چلنے لگا۔ زنجیر زور سے کھڑکھڑائی۔ باہر سے وارڈر نے آواز دی۔

"قیدی!"

"ہاں بھائی"

"ابھی تک سوئے نہیں تم" وارڈر نے پوچھا

"نیند سکھ میں آتی ہے بھائی دکھ میں کہاں ———" قیدی نے جواب دیا۔

"ٹھیک کہتے ہو قیدی ———" وارڈر نے کہا۔

اتنے میں کسی کے پاؤں کے چاپ کی آواز سنائی دی قیدی اور وارڈر دونوں چپ ہو گئے۔ مگر ایک ہی منٹ میں آنے والے نے کہا۔

"بھائی رام سنگھ! یہ سالے بدمعاش کہیں بھی ہوں بھلے مانسوں کو چین نہیں لینے دیتے جب چھٹے رہتے ہیں۔ تو لوگ ان کے ڈر سے پوری نیند نہیں سوتے اور جب کبھی جیل میں آتے ہیں تو ہم لوگوں کی جان کھاتے ہیں۔ ساری رات کتوں کی طرح ادھر ادھر پھر کر پہرہ دینا پڑتا ہے۔ ہم راجہ ہوتے بھائی رام سنگھ تو سب سالوں کو چن چن کر مار ڈالتے۔"

"بھلے ہی راجہ نہ ہوتے" رام سنگھ بولا "مگر یار تم راجہ ہوتے تو ایسا کہتے بھی نہیں۔ آج بھی راجہ ہے کوئی مگر وہ ختم کیوں نہیں کرتا؟ تم بھی راجہ ہوتے تو ایسے ہی بے فکر ہوتے ———"

نہیں بھائی رام سنگھ تمہارے سمجھنے کا پھیر ہے۔ بیچارہ راجہ تو سات سمندر پار ہے اُسے ہماری خبر کب ہوتی ہے اس نے ہماری دیکھ بھال کے لئے سینکڑوں افسر رکھ دیئے ہیں۔"

"تب بھیا تیجا سنگھ" رام سنگھ بولا "یہ افسر ایسا کیوں نہیں کرتے۔"

"اپنے موج سے کب چھٹی ملتی ہے، جو پرجا کو کوئی دیکھے ہم ہوتے تو بتا دیتے۔"

تیجا سنگھ نے اس انداز میں جواب دیا جیسے اب اُس کی اس بات کا کسی کے پاس جواب ہو ہی نہیں سکتا۔ پھر سر اٹھا کر اس انداز سے رام سنگھ کو اُس نے دیکھا جس کا مطلب یہ تھا کہ

"تم بدھو ہو۔ ساری باتیں ہیں جانتوں۔ رام سنگھ بھی اس کی اس بات کا جواب نہ دے سکا۔ وہ تیجا سنگھ کا منہ دیکھتا رہ گیا۔ اُسے تیجا سنگھ کی بات دل کو لگتی معلوم ہوئی۔ مگر اُس نے ذرا ہنستے ہوئے کہا۔

"چھوڑ بھیا اس بات کو۔ ۔ ۔ ۔ اگر یہ چور اچکے نہ ہوتے تو ہم لوگ کا پیٹ کہاں سے بھرتا؟"

تیجا سنگھ کو رام سنگھ کی بات ٹھیک معلوم ہوئی وہ جوش کے ساتھ بولا۔

"ٹھیک کہتا ہے یار میرے۔ بات سوا سولہ آنہ کہی۔"

رام سنگھ نے تیجا سنگھ کے اس اعتراف کو سُنکر خوشی سے مونچھیں اینٹھیں۔ جیسے اس نے کوئی بڑا کمال کر دکھایا تھا۔ وہ مونچھیں اینٹھتا ہوا بولا۔

بھیا تیجا سنگھ۔ سنا ہے جنانہ وارڈ میں کوئی جوان لگائی آئی ہے کیسی ہے کیسی؟ ہے کوئی رسیلی چلبلی اور رنگیلی۔ چھنبو جانی تو بڑے مزے کے ساتھ اس کی بات کر رہے تھے۔

تیجا سنگھ نے ذرا اکڑ کر کہا۔

"ہے تو چھپنٹی مزیدار۔ رسیلی چھبیلی لو طرح دار ـــ جیا رن ہے بھائی۔ چوری کر کے آئی ہے۔ چار مہینے کی سزا ملی ہے۔"

رام سنگھ نے مونچھوں پر تاؤ پھیرتے ہوئے کہا۔ "ارے بھائی ایسی جوان عورت کو چوری کرنے کی کیا ضرورت تھی۔ روپیہ تو اس کے پاؤں پر برستا ہے نا۔ آخر جیا رن سالی۔"

تیجا سنگھ نے ذرا افسوس بھرے لہجے میں کہا۔

"یار ہم تو اس سے بڑی دیر بات کرتے رہے۔ سب بات ہم سے بولی۔ کہتی ہے اس نے

چوری نہیں کی۔"

"تو پھر۔ ۔ ۔" رام سنگھ نے حیرت سے پوچھا تیجا سنگھ نے جواب دیا مگر اور ذرا دھیمی آواز میں۔

"کہتی تھی ـــــ اس کا مرد زمیندار کا ہلواہا تھا۔ وہ بھی زمیندار کے گھر کام کرتی تھی۔ ایک دن زمیندار کی نیت اس پر بری ہو گئی۔ کام کے بہانے اسکو کوٹھری میں لے جا کر بے عزت کرنا چاہتا تھا مگر راضی نہ ہوئی۔ اور ہلا کرنے کو کہا۔ اسی پر زمیندار نے ہلا کر کے اس کو پکڑ لیا۔ اور پلس کے حوالہ کر دیا۔

رام سنگھ نے ذرا رنجیدہ ہو کر جواب دیا۔

یہ تو بڑا ظلم ہے یار۔ مگر تھا سالا بڑا چالاک، بات بگڑنے ہی نہ دی۔ پولس کے حوالہ کر دیا۔"

تیجا سنگھ نے کہا۔

"یار ہمیں بھی اسکی بات سنکر بڑی دیا آئی ـــــ ارے یار کیا اسکی بڑائی کریں ہم۔ بالکل جوان ہے بے ترکالی۔ پر آنکھ کیسی رسیلی ہے۔ بولی کیسی رس بھری ہے اور صورت ـــــ واہ رے واہ ـــــ

رام سنگھ نے ایسے انداز میں کہا۔ جیسے لالچ سے وہ مچل گیا ہو۔

"ارے یار تم نے تو آنکھوں اور دل کا مزہ لوٹ لیا۔ کیوں؟ ہو یار قسمت کے سانڈ۔"

تیجا سنگھ کی بات کا انداز بدل گیا۔ اور وہ فخر کے ساتھ بولا۔

"بس اتنا ہی اگر پانچ چھ دن میں اس کو اپنا نہ بنا لیا تو کچھ کہنا۔

تیجا سنگھ کی یہ بات سنکر قیدی کے دل میں غصے کی ایک لہر دوڑ گئی۔ پھر اسے کچھ ہوش نہ

رہا۔ وہ دونوں پھر کیا بولے۔ اور کیا نہ بولے وہ اندھیرے کمرے میں بند تھا ہر طرف سناٹا تھا مگر خیالوں کی دنیا میں نہ جانے کہاں کہاں سے ہو آیا۔ کیا کیا کام ختم کر لئے۔ وہ اپنی ساری مصیبتوں کو بھول گیا۔ اُس کے منہ سے نکلا ——— پاپی۔ بدمعاش !! ہم پاپیوں کے رکھوالے۔ چنڈال ———"

وہ سوچنے لگا میں نے قانون کا پاپ کیا تو اس جیل کی کوٹھڑی میں آیا۔ آگے کیا ہوگا کچھ معلوم نہیں لیکن جو لوگ یہاں پاپ کریں۔ وہ کہاں جائیں گے۔ پاپ کی سزا ملنی ضرور ہے لیکن جس پاپ کو قانون کی آنکھیں دیکھ نہ سکیں۔ انصاف کے ہاتھ پکڑ کر سزا نہ دے سکیں۔ اس کی سزا کیسے مل سکتی ہے۔ اور سزا ملنی ضرور چاہئے ......

اس نے کوشش کی کہ دونوں وارڈروں کی باتیں سنے۔ لیکن اسے کوئی آہٹ نہ معلوم ہوتی۔ وہ آکر بچھے ہوئے کمبل پر بیٹھ گیا لیکن اسکا دماغ برابر کام کر رہا تھا۔ ایسے پاپیوں کو سزا کس طرح ملنی چاہئے۔ تیجا سنگھ کی بات اس کے دماغ میں برابر چکر کاٹ رہی تھی" بالکل جوان ہے۔ آنکھیں رسیلی ہیں یکایک وہ تیجا سنگھ کی ساری باتیں بھول گیا۔ اس کو اپنی بیوی یاد آگئی۔ بالکل جوان، رسیلی آنکھوں والی اُسے اپنی بیوی کی سب سے پہلی بات یاد آگئی۔ بیاہ کے بعد ——— جب تنہائی میں پہلی بار ایک عورت سے ملا تھا۔ اُس نے کوٹھری میں چاروں طرف دیکھا بالکل سناٹا تھا۔ بالکل ایسی اکیلی وہ کوٹھری بھی تھی۔ فرق تھا تو یہ کہ اس میں چراغ کی دھیمی دھیمی روشنی تھی۔ اور یہ بالکل اندھیری۔ وہاں ذرا آرام دہ بستر تھا۔ اور یہاں سخت زمین پر کمبل کا بچھونا۔ اُسے اپنی بیوی کی پہلی بات یاد آئی جب وہ اُسے محبت سے چھیڑ رہا تھا۔ اور وہ بالکل بناوٹی غصے سے بولی تھی۔

"اوہ سو جاؤ نا۔ تنگ مت کرو نیند آرہی ہے۔" پھر وہ اسکے ہاتھ کو جھٹکتے ہوئے بولی تھی "تمہیں نیند نہیں آتی تو جاگو سبھی کا ہے ستاتے ہو۔" اور جب کچھ دنوں کے بعد اُس نے بیوی سے پوچھا کہ سچ سچ تم رنج ہوگئی تھیں، تو اُس نے محبت کے ساتھ جواب دیا تھا "تم سے رنج ہونگی تو خوشی کہاں ملے گی۔"

اُسے معلوم ہوا جیسے کسی نے تان کر اُسی کے دل میں گھونسہ مار دیا۔ وہ تلملا سا گیا۔ اُسکی سانس پھولنے لگی۔ دم گھٹتا ہوا معلوم ہونے لگا۔ لیکن بیوی کی ساری باتیں ایک ایک کرکے یاد آنے لگیں اُس کا بولتے بولتے مسکرانا۔ کھلکھلا کر ہنسنا۔ اور ہنستے ہنستے بولتے جانا ——— محبت سے حال پوچھنا۔ اُس کی ذرا سی پریشانی پر اُس کا پریشان ہو جانا ——— اور بہت سی باتیں۔ اسکی بے چینی بڑھتی گئی۔ وہ گھبرا کر اُٹھ کھڑا ہوا اور اس اندھیری کوٹھری میں ٹہلنے لگا۔ اور زنجیریں کھڑکھڑانے لگیں۔ وہ گھبرا کر بیٹھ گیا۔

زنجیر کی کھڑکھڑاہٹ نے اس سے پہلے اس پر اتنا زیادہ اثر کبھی نہیں کیا تھا۔ بیٹھتے ہی اُسے معلوم ہوا جیسے اُسکے دل کی حرکت بند ہوتی جا رہی ہے۔ اُس نے لمبی لمبی سانس لینی شروع کی مگر پھر بھی کچھ سکون نہ ہوا۔ معلوم ہوا جیسے دم گھٹتا ہی جا رہا ہے۔ گھبرا کر اُس نے دیوار کے اوپری حصے کو دیکھا۔ جہاں ہوا آنے کے لئے دو گول گول سوراخ بنے تھے۔ سوراخ سے روشنی ذرا بھی نہیں آ رہی تھی۔ دونوں سوراخ اسکی ماں کی آنکھوں کی طرح بے نور تھے۔ اُسے ان سوراخوں کو دیکھ کر گھٹن معلوم ہونے لگا۔ اُس نے گھبرا کر آنکھیں بند کر لیں۔ تو اُسے محسوس ہوا جیسے کوئی دوسرا آدمی کوٹھری میں چل رہا ہے۔ اُس نے آنکھیں کھول کر دیکھا پھر بند کر لیا۔ کوٹھری میں اُس کے سوا کوئی دوسرا نہ تھا۔ اس سے وہ اور بھی ڈر گیا۔ وارڈر نے اسے بتایا تھا کہ اسی کوٹھری میں ایک خونی ڈاکو بند تھا۔ جیت سنگھ اُسے آنے ہی یقین تھا کہ پھانسی ہوگی۔ لیکن

چیت سنگھ نے آنے بی جیلر سے کہدیا تھا کہ اُسے پھانسی نہیں ہوسکتی پہلے تو اُس نے بھاگنے کی کوشش کی مگر کامیاب نہ ہوسکا۔ تو دیوار سے ٹکرا کر مر گیا۔ اور کبھی کبھی چیت سنگھ کی رُوح اس کوٹھری میں آیا کرتی ہے قیدی کو معلوم ہوا جیسے چیت سنگھ کی رُوح کوٹھری میں موجود ہے ادھر سے اُدھر دوڑتی پھر رہی ہے گھبرا کر اُس نے آنکھیں بند کرلیں۔ پاؤں کے چاپ کی ہلکی ہلکی آواز اُسکے کانوں میں آنے لگی سسکار وہاں رُواں سہم گیا۔ اُس نے چھت کو دیکھا کمرہ بالکل اندھیرا تھا۔ دیوار کے دونوں گول گول سوراخ اُسے نظر آئے وہ اور بھی ڈر گیا چیت سنگھ کی رُوح اُسے وہاں سے جھانکتی معلوم ہوتی وہ دل ہی دل میں سیا رام سیا رام کہنے لگا۔ ڈر کم ہوا اور وہ چیت سنگھ کی بہادری کے کارناموں کو یاد کرنے لگا۔ اُسکے دل میں خوشامد کا ایک جذبہ پیدا ہوگیا، اُس نے دل ہی دل میں، لیکن اس طرح جیسے وہ چیت سنگھ کو مخاطب کرکے کہہ رہا ہو۔ کیا چیت سنگھ۔ وہ تو بڑا شریف، دلیر اور بہادر آدمی تھا۔ اگر اُس نے ہزاروں کو لوٹا۔ تو ہزاروں کی پرورش بھی کی۔ وہ تو شیر تھا شیر۔

وارڈر نے اُسے بتایا تھا کہ جب چیت سنگھ گرفتار ہوا تھا تو ہزاروں بیوہ عورتیں روتی چیختی کچہری میں آگئی تھیں۔ وہ امیروں کا دشمن تھا اور غریبوں کا رکھوالا۔ بردتھا مرد۔ انصاف در تھا۔ امیروں کو لوٹ کر غریبوں کو دیا کرتا تھا۔ اُسے تو انعام اور منصب ملنا چاہئے تھا ــــــ اُس نے اگر سینکڑوں خون کئے تھے۔ تو سینکڑوں فاقہ سے تڑپتی ہوئی زندگیوں کو بچایا بھی تھا ــــــ اسکا کوئی گناہ نہیں تھا۔

اُس کے دل کو سکون ہوا۔ اُس کو یقین ہو گیا کہ اگر چیت سنگھ کی رُوح کوٹھری میں ہوگی تو تو خوش ہوکر چلی جائیگی۔ ڈر بالکل ہی جاتا رہا ــــــ غریب لوگوں کا خیال آتے ہی اُسے اپنی ماں بیوی اور بیٹی یاد آگئی۔ بیوی جس کی جوانی اب ڈھل چکی تھی جس کی جوانی کو یاد کرکے تھوڑی دیر

پہلے وہ تڑپ گیا تھا تیجا سنگھ اور رام سنگھ کی بات یاد آئی اور وہ غصے سے بھوت ہو گیا۔ اُسے خیال آیا۔ اُسکی بیٹی جوان ہے اسی کے بیاہ کیلئے سب کچھ ہوا۔ اگر اُس کے بیاہ کی بات بیچ میں نہ ہوتی تو سنارن کا خون کیوں ہوتا ــــــ ارے کمبخت چلائی کیوں؟ چلاتی نہیں تو اس کو مار ڈالنے کی کیا ضرورت تھی کمبخت کی نیند ہی کیوں ٹوٹی۔ اگر نہ جاگتی تو چپ چاپ روپیہ لیکر بھاگ آتا۔ نہ اس کی جان جاتی اور نہ میں آج اس کوٹھری میں ہوتا ــــــــــــ

پھر وہ سوچنے لگا۔ لیکن وہ اتنا روپیہ کیوں جمع کر رکھتی تھی۔ اس سے اُس کا کیا فائدہ تھا۔ اچھا کھاتی تھی اور نہ اچھا پہنتی تھی۔ کوئی بال بچہ بھی تو نہ تھا جس کے لئے جمع کر رہی تھی۔ آخر اُسکو اتنے روپیوں کی ضرورت ہی کیا تھی۔ اس نے اتنا روپیہ جمع ہی کیوں کیا تھا سود در سود بڑھانے کیلئے۔

پھر وہ سوچنے لگا ــــــ اگر میں نے بڑھی سنارن کو قتل بھی کر دیا۔ تو کیا بُرا کیا۔ اس سے دنیا کا کیا بگڑ گیا۔ وہ اکیلی جان سے گئی بر نے کے بعد ایشور مجھ سے سمجھے گا۔ سزا ایں دیگا۔ لیکن اگر مجھے پھانسی دی گئی۔ تو بیوی بیٹی اور بوڑھی ماں کو کون دیکھے گا ــــــ بیٹی کا بیاہ کون کریگا میں نے بڑھیا سے کتنی خوشامد سے قرض مانگا تھا۔ دیدیتی تو یہ سب کچھ کیوں ہوتا۔ اس میں میرا قصور بالکل ہی نہیں سب اُسی بڑھیا کا قصور تھا۔

اُسکو اپنے بے قصور ہونیکا یقین ہونے لگا اور وہ ساری باتوں کو جتنا زیادہ سوچتا تھا۔ بے قصور معلوم ہوتا تھا۔ آخر اُسے یقین ہو گیا۔ کہ وہ ضرور رہا ہو جائیگا۔ وکیل نے بحث بھی خوب کی ہے۔ خوشی کی ایک لہر اسکے سارے بدن میں دوڑ گئی ــــــ اُس کو معلوم ہوا جیسے وہ رہا ہو کر گھر جا رہا ہے خوشی سے اس کا دل بلیوں اچھلتا جا رہا ہے۔ لوگ راستے میں اُسے دیکھ کر کہہ رہے ہیں۔ بیچارہ

بے قصور تھا چھوٹ گیا۔ اپنے پرائے خوشی خوشی ملنے آئے ـــــ گھر پہنچا۔ ماں نے دوڑ کر بلائیں لیں۔ چھاتی سے لپٹا لیا۔ گال پیشانی اور ہاتھوں کو چومنے لگی۔ بیوی ذرا دور کھڑی خوشی کے آنسو بہانے لگی بیٹی اُس کے پاؤں سے آکر لپٹ کر رونے لگی۔ محلے کی ساری عورتیں آنگن ہی میں آکر جمع ہو گئیں۔ اللہ سے دعائیں دینے لگیں۔ اور وہ ہر ایک سے خوش ہو کر مل رہا ہے۔

یکایک تیجا سنگھ اور رام سنگھ کی آواز سنائی دی۔ رام سنگھ بول رہا تھا ـــــ

"عجب ہے اس کی آنکھ یار ـــــ بولی ہے کیسی سریلی مگر بڑی کٹھور معلوم ہوتی ہے۔"

تیجا سنگھ نے جواب دیا۔

"چڑیا نئی پھنس کر آتی ہے۔ تو زیادہ پھڑپھڑاتی ہے۔ پھر راستے پر آ ہی جاتی ہے پنجرے کی ہوا تو لگ جائے ـــــ"

قیدی کا غصہ سے خون کھولنے لگا۔ اس سے ضبط نہ ہو سکا اور وہ بولتا ہوا اٹھا۔

تیزی سے دروازے کی طرف بڑھا۔

"ٹھہر سالے چکھاتا ہوں مزا ـــــ"

لیکن وہ دروازے سے جا کر ٹکرا گیا۔ سر میں سخت چوٹ آئی۔ وہ لڑکھڑا کر گر پڑا اور ڈول نے گھنٹی بجائی۔ جیلر کو خبر دی گئی۔ دروازہ کھلا۔ قیدی دروازے پر پڑا تھا۔ زنجیروں میں جکڑا ہوا مگر اُس کی روح آزاد تھی ـــــ

بھوک

بھوک نے جب کروٹ لی تو آنتوں کے ساتھ ہی رامو کے دل و دماغ میں بھی ہلچل مچ گئی وہ سوچنے لگا "اب کیا کرنا چاہیے۔ بھوک کے سہنے کی بھی کوئی حد ہوتی ہے فاقہ کو چار شام تو ہو چکے صبح ہوگی تو پانچواں ہوگا۔ تین دن سے کام ڈھونڈتا پھر رہا ہوں لیکن کام نہیں ملتا۔ اب صبح ہوتے ہی کام کہاں سے مل جائیگا اور اگر کام ملا بھی تو کس کے بدن میں اتنا بوتا ہے جو کر سکے، کام ہوگا کیسے؟" وہ بھوک سے تلملا رہا تھا۔ اس کے دماغ میں صرف ایک بات تھی "کھانا کہاں سے ملیگا؟" اس کے دل میں صرف ایک خواہش تھی، کچھ بھی ہو مگر بھر پیٹ کھانا ملے۔ اس نے سوچا اگر صبح بھی کوئی کام نہ ملا، تو وہ کہیں سے کوئی چیز اٹھا کر بھی کھا لیگا۔ یا بھیک ہی مانگ کر مل جائے یا میونسپلٹی کے ڈسٹ بن ہی کے اندر ملے ——— مگر یکایک اس کے دل میں امید کی روشنی پھیل گئی۔ اسے یقین

ہو گیا کہ کل اُسے کوئی کام ضرور ہی مل جائیگا۔ اُس خیال کے آتے ہی معلوم ہوا کہ جیسے اُس کے بدن میں کھوئی ہوئی طاقت واپس آ رہی ہے۔ وہ دوسرے دن کے بارے میں سوچنے لگا سورج نکلنے کے پہلے ہی وہ ہاٹ جائیگا۔ وہاں بہت سی عورتیں ترکاریاں خریدنے آتی ہیں۔ اُن میں سے کوئی نہ کوئی اپنا بوجھ پہنچانے کے لئے ضرور ہی کہے گا۔ پھر وہاں سے مارکٹ جائیگا وہاں بہت سے بابو لوگ اور میم صاحب پھل یا ترکاریاں خریدنے آتے ہیں۔ اُن سے کچھ مزدوری مل جائے گی یا اور کوئی دوسرا کام۔ کچھ ہی کیوں نہ ہو مگر اُس کو کوئی کام ضرور ہی مل جائے گا اور اتنی مزدوری بھی مل جائے گی جس سے پیٹ بھر کھانا کھا سکے گا۔ اِس خیال ہی سے وہ خوش ہو گیا، معلوم ہوا کہ جیسے اُس کا پیٹ بھر گیا اُس نے دل ہی دل میں کہا: "ایشور بڑا انصاف ور ہے۔ وہ کسی پر ظلم نہیں کرتا پھر میں بھوکا کیوں رہوں گا؟"

تھوڑی ہی دیر میں اُس کی بھوک پھر جاگ اُٹھی۔ اور وہ تلملا گیا۔ دوسرے دن کے بارہ میں اُس کی جتنی امیدیں بندھی تھیں۔ وہ آہستہ آہستہ ٹوٹنے لگیں جیسے نیند ٹوٹنے کے بعد خواب فراموش ہونے لگتا ہے وہ سوچنے لگا روز ہی اسی طرح امید بندھتی ہے مگر پوری کبھی نہیں ہوتی۔ دِن بھر پائپ سے پانی پی پی کر پیٹ کی آگ بجھانی پڑتی ہے۔ لیکن آخر کیا کیا جائے اس روز روز کے اُپاس سے چھٹکارا کیسے ملے؟ میں نے پرماتما کا کون سا اتنا بڑا قصور کیا ہے جو یہ سزا ہے۔ دنیا میں سب ہی آدمی کچھ نہ کچھ گناہ کرتے ہیں لیکن سب تو بھوکے نہیں مجھی پر یہ عذاب کیوں؟ گناہ تو سبھی آدمی کرتے ہیں مگر کسی کو تکلیف اور کسی کو آرام وہ کیوں دیتا ہے؟ مگر اس کا دماغ اُلجھ کر رہ گیا اُس نے دل ہی دل میں کہا، ایشور بڑا

انصاف ور ہے، وہ کسی پر ظلم نہیں کرتا۔ باقی دنیا میں آدمی تو ہر طرح کے ہوتے ہی ہیں۔ یہی تو دنیا کی سوبھا ہے —— مگر اس کی سمجھ میں کوئی بات نہ آئی۔ اُس نے دل ہی دل میں کہا۔ نراس ہونے کی کوئی وجہ نہیں۔ صبح ہوگی تو دیکھا جائے گا۔ وہ اپنی جگہ سے اُٹھا اور پانی کے نل کی طرف بڑھا کہ چل کر پانی پیے۔ مگر جب نل کے پاس پہنچا تو معلوم ہوا کہ پانی آنا بند ہو چکا ہے۔ اُس کا جی سن سے ہو گیا، سر چکرا گیا

وہ نل کو پکڑے کھڑا رہا۔

آخر وہ تھوڑی دیر کے بعد سر جھکائے اور کچھ سوچتا ہوا نل کو چھوڑ کر ہٹا۔ اُس کا ہر قدم ڈھیلا پڑ رہا تھا مگر دماغ میں ہلچل تھی شاید اس کے دل میں ایسی ہلچل پہلے کبھی نہ مچی ہوگی۔ وہ سوچ رہا تھا کہ اس کی مصیبت سے کس طرح نجات ملے؟ فٹ پاتھ پر سونے سے کس طرح چھٹکارا پائے۔ اُس نے دل ہی دل میں فیصلے کے طور پر کہا۔ اب اس زندگی سے نکلنا ضرور ہے اور . . . .

. . . . کل ہی صبح اُٹھ کر زندگی بالکل بدلی ہوئی ہوگی۔ وہ یہی باتیں سوچتا اور اپنے آپ کو سمجھاتا آگے بڑھتا گیا —— اُس کا ارادہ پکا ہو چکا۔ اُس نے یہاں تک سوچ لیا کہ اگر کل بھی اسے بھوکا رہنا پڑے تو پھر وہ ننھے ماں کہہ کر گنگا میں کود پڑے گا۔ اس فیصلے کے بعد وہ سوچنے لگا کہ ترکیب کیا کی جائے؟ نوکری —— نوکری کہاں ملتی ہے۔ مزدوری —— مزدوری تو مزدوری ہی ڈھونڈتا پھرتا ہے پھر —— ؟؟

اُس نے بہت سی باتیں سوچ لیں۔ بہت سی ترکیبیں اُس کے دماغ میں ایک ہی وقت آئیں جیسے زمین پہ دانہ دیکھ کر کبوتر اُتر پڑتے ہیں۔ مگر پھر ایک ہی بار سب کی سب غائب بھی

ہوگئیں صرف ایک ترکیب اُس کے دماغ میں جم کر رہ گئی اور یہی آخری ترکیب تھی خوشی نے نہیں بالکل مجبور ہو کر دیر تک وہ ایک عجیب عالم میں رہا۔ دل کہتا یہ بڑی بُری بات ہے۔ اس دنیا میں سزا، بدنامی اور مرنے پر بھی سزا۔ دماغ کا جواب ہوتا۔ ہزار بُرا سہی مگر اب اس کے سوا کوئی چارہ بھی نہیں۔ آخر دل کی ہار ہوئی۔ دماغ جیت گیا۔ اس نے فیصلہ کیا کہ وہ چوری کرے گا ——

پھر دل و دماغ میں کھینچ تان شروع ہوئی۔ مگر وہ اس نتیجے پر پہنچا کہ چوری کرکے اگر بچ نکلا تو کچھ دنوں کھانے اور رہنے کا بھی سامان ہو جائے گا، اور اگر پکڑا گیا تو بھی گھاٹے میں نہیں رہے گا۔ پولس کے پٹر تھپٹر کے بعد کھانے کو مل ہی جائے گا۔ رہنے کو حوالات۔ پھر جیل کی کوٹھری کمبل اور کپڑے، واہ سب کچھ مل جائیگا۔ وہ مسکرا دیا، مگر دل نے پھر ایک بار کروٹ لی اور اُس نے آپ ہی آپ سوال کرنا اور جواب دینا شروع کیا۔ ٹھیک ہے کھانا تو مل ہی جائیگا مگر پکڑا گیا تو بڑی بے عزتی ہوگی اور جیل گیا تو پھر واپس آکر لوگوں کو کیا منہ دکھائے گا؟ مگر آج چوری نہ کرنے پر کون بڑی عزت ہے جس میں بٹہ لگ جائے۔ جیل میں یہ شہر، یہ بازار کہاں؟ مگر باہر رہ کر تو اس کا بھی موقعہ نہیں ——— کچھ بھی ہو کسی طرح سہی لیکن وہاں پیٹ بھر کھانا تو ملے گا اس کا ارادہ اور بھی مضبوط ہو گیا۔

وہ چوری کرنے کا پکا ارادہ کر چکا تھا۔ اور بدن میں طاقت بھی محسوس کرنے لگا۔ وہ بھوک کو بالکل بھول گیا اسے ذرا بھی احساس نہ رہا کہ وہ کس حال میں تھا۔ اُس کی نگاہوں میں روپیوں کا ڈھیر تھا۔ کانوں میں روپیوں کی کھنک گونج رہی تھی۔ وہ تیزی کے ساتھ قدم بڑھانے لگا اور بغیر کسی ارادہ کے ایک طرف تیزی سے چلنے لگا۔ اُس کے دماغ سے تھوڑی دیر کے لئے چوری

کرنے کا خیال بھی نکل گیا۔ اور شیخ چلی کی طرح خیالی قلعے بنانے لگا۔ چوری کرنے کے بعد وہ مالدار آدمی ہو جائے گا۔ بوڑھی ماں کو آرام پہنچائے گا۔ اسی چوری کے روپے سے وہ کاروبار شروع کرے گا۔ اور لوگ اُسے اچھی نظر سے دیکھنے لگیں گے۔ پھر بیاہ کرے گا۔ اچھی سی عورت مل جائے گی۔ اب تک صرف غریبی کی وجہ سے اس کا بیاہ نہیں ہو سکا۔ جب روپیہ ہو گا۔ تو پچیسوں آدمی بیٹی دینے کو تیار ہو جائیں گے۔ بیاہ کے خیال سے رامو کو بڑی خوشی ہوئی وہ طرح طرح کی باتیں سوچنے لگا۔ اُس کی آنکھوں میں ایک خوبصورت عورت کی تصویر پھر گئی۔ جسے شام کے وقت اُس نے موٹر میں جاتے دیکھا تھا۔ وہ اپنی ہونے والی بیوی کو اُس عورت سے کم خوبصورت نہ چاہتا تھا۔ سوچنے لگا وہ کام کر کے واپس جائے گا تھکا ماندہ عورت ضد کر کے اچھی اچھی چیزیں کھلائے گی۔ کھانے کا تصور آتے ہی سارا خیالی قلعہ چکنا چور ہو گیا۔ آنتیں اینٹھنے لگیں۔ اور وہ بے چین ہو گیا۔ وہ چوری کے فیصلے کو بھول چکا تھا۔ پھر وہ ارادے کو مضبوط کرنے لگا۔ اب اُس کے حوصلے میں نئی طاقت تھی۔ اُس نے چاروں طرف نظر گھما کر دیکھا ہر طرف اونچے اونچے مکانات تھے اور بجلی کی تیز روشنی ——— کسی مکان میں گھسنے کا موقع ہی نہ تھا۔ پھر وہ سوچنے لگا کہ آخر چوری کہاں کی جائے؟ ———

کچھ دیر سوچنے کے بعد اُسے خیال آیا شہر کے آخری حصے میں چھوٹے چھوٹے بنگلے ہیں چہار دیواری بھی نیچی ہے۔ سڑک پر دونوں طرف گھنے پیڑ بھی ہیں۔ وہاں آسانی کے ساتھ چوری کی جا سکتی ہے وہاں کافی اندھیرا رہتا ہے۔

خوب اچھی طرح سوچ چکنے کے بعد وہ اُسی طرف چلا۔ دور سے گھنٹہ گھر سے ٹن ٹن دو بجنے

کی آواز آئی۔ اُس نے دل ہی دل میں کہا۔ وقت بھی اچھا ہے ——— اب وہ تیزی کے ساتھ قدم بڑھا رہا تھا ——— مگر یکایک اُس کو خیال آیا۔ ان بنگلوں میں کتے پلے ہوتے ہیں ——— یہ خیال آتے ہی وہ سہم گیا۔ ہمت ٹوٹ گئی۔ اس کو یقین ہو گیا کہ بنگلے کے اندر قدم رکھتے ہی کتے اُسے نوچ ڈالیں گے ——— اس کا ارادہ ڈانواڈول ہو گیا۔

بھوک نے پھر کروٹ لی اور وہ سوچنے لگا سب سے پہلے اُسے کچھ کھانے کو ملنا چاہئے اگر بنگلے میں گیا بھی تو اُس وقت کچھ کھانے کو مل نہیں سکتا۔ بابو لوگوں کے یہاں اتنا کہاں کا پتا ہے کہ باسی رہے بنگلوں میں اُس وقت کھانے کی کوئی چیز نہیں مل سکتی۔ سب کچھ ختم ہو چکا ہوگا۔ وہ سوچنے لگا کہ اس وقت کھانے کی چیز کہاں مل سکتی ہے۔ آخر اس کے دماغ میں بات آگئی کہ اس وقت کھانے کی کوئی چیز صرف حلوائی کی دوکان میں مل سکتی ہے یہ خیال آتے ہی معلوم ہوا کہ جیسے اُسے سب کچھ مل گیا۔ پھر وہ سوچنے لگا۔ کہ چوری کرنے کے لئے حلوائی کی کون سی دوکان مناسب ہے۔

تھوڑی دیر سوچنے کے بعد اُسے ایک حلوائی کی دوکان یاد آئی۔ یہ دوکان شہر کے آخری حصے میں تھی۔ وہاں پر کی آبادی بھی کم تھی۔ راموکو چوری کرنے کی یہ جگہ طرح طرح مناسب معلوم ہوئی۔ وہ اُسی طرف چلا۔ اب وہ سوچ رہا تھا۔ کس طرح دبے پاؤں دوکان میں گھسے گا، کس طرح الماری کھولے گا ؟ کس طرح کھانے کی چیزوں پر ہاتھ مارے گا اور کس طرح روپیہ نکالے گا ؟ مگر وہ کبھی کبھی ڈر کر چونک سا جاتا تھا۔ اس کو خیال ہوتا تھا۔ کہ شاید

چوری نہ کر سکے۔ یا پکڑ لیا جائے۔ مگر چوری کرنے کا وہ پکا ارادہ کر چکا تھا۔ کبھی کبھی تو سوچتا کاش اُسے کوئی منتر معلوم ہوتا، یا مسان کی راکھ مل جاتی کہ تھوڑی دیر کے لئے جسے چاہتا بے ہوش کر دیتا۔ پھر وہ اطمینان کے ساتھ جاتے ہی منتر پڑھتا یا مسان کی راکھ کو سوئے ہوئے آدمیوں پر چھڑک کر اطمینان سے چوری کر لیتا۔ اُسے ایک پل کے لئے ایسا معلوم ہوا جیسے اُسے سب کچھ آتا ہے۔ اور اُس نے حلوائی کو بے ہوش بھی کر لیا ہے۔ مگر اُس کا یہ خیال فوراً ہی مٹ گیا۔ پھر اُس نے سوچا کہ کبھی کسی چور سے مل کر وہ سب پوچھے گا، مگر تھوڑی دور جا کر اس کا خیال یکایک اُچٹ گیا۔ دو کُتے اُسے دیکھ کر بھونکنے لگے۔ اُس نے سوچا کتے چور کو دیکھ کر بھونکتے ہیں۔ یہ سچ ہے ——— چار قدم پر آگے چل کر بجلی کا کھمبا تھا۔ سڑک پر کی روشنی جل رہی تھی، چار پانچ آدمی فٹ پاتھ پر ٹاٹ بچھائے تاش کھیل رہے تھے۔ رامو اُن لوگوں کے پاس سے ہو کر گزرا۔ لیکن کسی نے دھیان نہیں دیا۔ ایک آدمی جلدی جلدی اپنے پتوں کو دیکھ رہا تھا۔ دوسرا آدمی ٹاٹ پر پڑے ہوئے پتوں کو۔ تیسرا سر اور انگلی ہلا ہلا کر کچھ سوچ رہا تھا۔ چوتھا اس شان سے جیسے سب کو اُس نے ایک چال میں مات دیدی ہے۔ ایک اور آدمی کسی دوسرے کے پتوں کو دیکھ رہا تھا۔

ایک نے بیڑی جلائی، اور لمبا دم لگایا۔ دوسرے نے پان کی لمبی پیک پاس ہی پھینک کر کہا۔

"یہ بازی ہماری ہے چھنو بھیا"

چھوٹے نے جواب دیا۔ "دیکھا جائے گا"

رامو اور آگے بڑھا۔ تھوڑی دور پر ایک آدمی فٹ پاتھ پر بیٹھا گا رہا تھا
——"مرے دل کی لگی تو بجھی ہی نہیں۔ ارے ہاں ہاں رے۔ ارے ہاں ہاں رے"—— رامو جب پاس پہنچا تو اُس نے پلٹ کر دیکھا۔ رامو ڈر گیا مگر وہ پھر گانے لگا——"تری آنکھ میں مدھرا بھری ہے مگر۔ مرے دل کی لگی تو بجھی ہی نہیں۔ ارے ہاں ہاں——"

پُروائی تیزی سے چل رہی تھی جیٹھ کا مہینہ تھا۔ رامو کا دل بھی گانے کو چاہا۔ اُس نے گانا چاہا——"جوانی جو بنا پہ نہ——" مگر وہ نہیں گا سکا۔ کچھ گنگنا کر رہ گیا حلق سوکھا تھا۔ آواز نکل ہی نہ سکی۔ اُسے معلوم ہوا جیسے کلیجے میں طاقت ہی نہیں۔ اُس نے ہونٹوں پر زبان پھیری۔ اور گلا صاف کر کے کھنکھارتا ہوا آگے بڑھا۔ یکایک اُسے کسی چیز سے ٹھوکر لگی۔ وہ گرتے گرتے بچا۔ ساتھ ہی دوسرا آدمی اُٹھ کر بیٹھ گیا۔ وہ غریب فٹ پاتھ پر سویا ہوا تھا۔ رامو کو اسی سے ٹھوکر لگی تھی۔ رامو نے بڑی عاجزی کے ساتھ اُس سے معافی مانگ لی۔ دونوں نے ایک دوسرے سے پوچھا "تم کون ہو" ؟ اور میل جول ہو گیا۔ اُس نے رامو کو اپنے ٹاٹ پر بٹھا لیا اور بیڑی پینے کو دی۔ رامو کا دل بھی چاہ گیا۔ اُس نے بیڑی پی۔ مگر سر چکرا گیا۔ اُس نے بیڑی پھینک دی اور سر تھام کر بیٹھ گیا۔ دیر تک وہیں بیٹھا رہا اُٹھنے کی ہمت ہی نہ ہوئی۔

جب اُس کی طبیعت سنبھلی تو وہ پھر آگے بڑھا جلوائی کی دوکان اب بھی اُس کی نگاہوں میں پھر رہی تھی۔ اُس کا دل چاہا کہ امرتی اور بیسن کا لڈو کھائے۔ اِس خیال کے

آتے ہی اُس کے منہ میں پانی بھر آیا۔ اب وہ ایک تین منزلہ مکان کے پاس سے ہو کر گزر رہا تھا۔ یکایک کسی نے اُس پر مکان پر سے تیز روشنی ڈالی۔ اُس نے نظر اٹھا کر اوپر دیکھا۔ مکان کی دوسری منزل پر ایک کھڑکی سے دو آدمی نیچے دیکھ رہے تھے۔ کمرے میں بجلی کی روشنی تھی۔ اُن دونوں پر بھی روشنی پڑ رہی تھی۔ لیکن چہرہ نظر نہیں آ رہا تھا۔ مگر رامو نے اتنا سمجھ لیا کہ ان میں ایک مرد تھا اور ایک عورت تھی۔

عورت بولی۔ ”کوئی غریب آدمی ہے، چور نہیں ہے۔“

مرد بولا۔ ”تمہارا خیال ٹھیک ہے۔“

رامو آگے بڑھتا گیا۔ عورت نہ جانے کسی بات پر ہنسی۔ رامو سمجھا کہ وہ اُس پر ہنس رہی ہے۔ اُس کے دل پر چوٹ لگی۔ اُس نے دل ہی دل میں کہا۔ ”اگر میرے پاس بھی دو منزلہ مکان ہوتا، روپیہ اور عورت ہوتی تو زندگی مزے سے کٹتی۔ کوئی مجھ پر ہنستا بھی نہیں۔“ اس کا دل مچل کر رہ گیا۔ وہ اور آگے بڑھا۔ کچھ دور آگے جا کر ایک اندھیری گلی سے دو چار آدمیوں کی کانا پھوسی کی آواز آئی۔ وہ رُک گیا۔ لیکن اُس کے رُکتے ہی آواز آنی بند ہو گئی۔ رامو بغیر کچھ سوچے سمجھے آگے بڑھ گیا۔ اور اس راستہ پر ہو لیا جو حلوائی کی دوکان کی طرف جاتا تھا۔

تھوڑی دور جا کر وہ ایک نکڑ سے جیسے ہی مڑا ایک موٹر کھڑی نظر آئی۔ ایک بابو صاحب موٹر کو دھکا دے رہے تھے۔ اور ایک عورت کھڑی تھی۔ رامو بھوک سے نڈھال تھا۔ اُس کا ایک ایک قدم رُک رُک کر اُٹھ رہا تھا۔ وہ جیسے ہی قریب پہنچا، بابو صاحب

بولے۔

"اے سنو۔ تم پیچھے سے موٹر کو دھکا دو۔ ہم تم کو انعام دیگا۔"

رامو نے اُس عورت کو دیکھا۔ دیکھتے ہی اُسے خیال آیا کہ اس عورت کو پہلے بھی کہیں دیکھ چکا ہے۔ وہ سوچنے لگا کہ آخر اُسے کہاں دیکھا ہے؟

بابو صاحب بولے: "اسے! سنتا نہیں ہے تم موٹر کو دھکا دو۔ ہم انعام دیگا۔"

رامو نے انعام کا لفظ سنا تو اُس کے دل میں خوشی کی لہر دوڑ گئی۔ اور اُس کے منہ سے نکل گیا:۔

"کتنا؟"

"حرامزادہ سوٗر ———— دو روپیہ دے گا۔"

رامو کا خون کھول گیا۔ جی چاہا کہ جو بھی ہو۔ مگر اُن کی ساری بابوائی نکال دے۔ مگر غم کھا کر رہ گیا۔ انعام کے لالچ میں موٹر کو دھکا دینے کو آگے بڑھا زور لگایا۔ مگر موٹر بڑا تھا۔ اور بدن میں طاقت کم۔ موٹر بال برابر بھی نہ سرکا۔ اور رامو ہانپنے لگا۔ تھک کر الگ کھڑا ہو گیا۔ بابو صاحب بولے "بس سالے! اِسی پر کتنا انعام دیں گے؟"

دونوں نے مل کر دھکا دینا شروع کیا اور کچھ دور لے گئے۔ رامو کھڑا کا کھڑا رہ گیا۔ ان دونوں کے جانے کے بعد رامو کو یاد آیا۔ گاؤں کے زمیندار نے بیٹے کے بیاہ میں اس عورت کو بلایا تھا۔ وہ گانے کے لئے گئی تھی . . . .

. . . . . . رامو کو اس وقت کی شیخی پر غصہ

آیا اور بولا، پنتر یا سالی؟ تھوڑی دیر میں موٹر نظروں سے اوجھل ہو گیا۔

رامو پھر آگے بڑھا چلتا گیا۔ آخر اُس حلوائی کی دوکان پر پہنچا جس کو اُس نے تاکا تھا——— دوکان بند تھی۔ حلوائی دوکان کے سامنے ایک لمبے بنچ پر چاروں شانے چت پڑا تھا۔ اُس کا ہاتھ زمین سے چھو رہا تھا۔ پروائی تیزی سے چل رہی تھی۔ ہر طرف اندھیرا تھا۔ حلوائی کے حلق سے خراٹے کی ہلکی ہلکی آواز نکل رہی تھی———

رامو کی ہمت ٹوٹ گئی۔ اس کا ارادہ بدل گیا۔ اُس نے سوچا چوری کرنا بُرا کام ہے چاہے کیسے ہی مجبوری کیوں نہ ہو۔ اس سے بہتر تو یہ ہے کہ حلوائی کو اٹھا کر اس سے کچھ مانگ لیا جائے۔ یہ بھی معمولی آدمی ہے۔ کوئی بڑا آدمی نہیں ہے جو دھتکار دے گا——— اُٹھا کر مانگنے سے کچھ دیدیگا——— مگر کہیں چوری کی اور جاگ گیا تو پھر خیریت نہیں۔

یہ سوچ کر رامو حلوائی کے پاس گیا۔ چاہتا تھا کہ اٹھائے۔ حلوائی کے منہ سے بھک سے دیسی شراب کی بو آئی۔ رامو سمجھ گیا کہ یہ نشے میں چور ہے۔ اگر اس حال میں اٹھائے گا تو وہ ضرور خفا ہوگا۔ تعجب نہیں کہ مار پیٹ بھی کرے——— پھر اُسکو چوری کرنے کا خیال ہوا۔ اب حلوائی کی طرف سے اُس کو اطمینان تھا۔ اس کو یقین تھا کہ اُس کو چوری کی خبر بھی نہ ہوگی۔ نشے میں اتنا چینت ہے۔

رامو ہمت کر کے دوکان کے اوپر چڑھ گیا۔ ایک دو بار وہ اُس دوکان پر بیٹھ کر کچھ کھا بھی چکا تھا۔ اُسے ہلکا سا اندازہ بھی تھا کہ کون سی چیز کہاں دھری ہے اس لئے ہر طرف اندھیرا ہونے پر بھی الماری تک پہنچ گیا۔ اُس نے جیسے ہی الماری کو

ہاتھ لگایا کھٹ سے آواز پیدا ہوئی اِس کے ساتھ ہی اندر کا کواڑ کھلا اور دھیمی آواز آئی۔

"دروازہ اِدھر ہے جگن!"

رامو کے سارے بدن کا خون سوکھ گیا۔ وہ بالکل چپ کھڑا رہ گیا تھا۔ ویسی ہی دھیمی آواز پھر آئی۔

"جگن تمہاری عادت بہت خراب ہے اتنی دیر کر دیتے ہو۔ دو بجے بہت دیر ہوئی اور تم بھٹی سے اب آرہے ہو۔"

مگر رامو ہلا تک نہیں۔ ڈر سے سارے بدن میں کپکپی پھیل گئی۔ پھر وہی دھیمی آواز آئی۔

"ارے آتے کیوں نہیں۔ اب ہم تم کو پیسہ نہیں دیں گے۔"

اتنا کہہ کر ایک عورت دروازے سے نکل آئی۔ اور اُس کا ہاتھ پکڑ کر کمرے کی طرف بڑھتی ہوئی بولی۔

"اب تم بہت راہ دکھاتے ہو۔"

رامو کے دماغ میں ساری باتیں آگئیں وہ سمجھ گیا کہ عورت کسی کے انتظار میں تھی ——— اور اسے دھوکہ ہوا ہے ——— وہ بوڑھا حلوائی اور یہ کڑیل جوان عورت! توندیل کیسا بے پرواہ پاؤں پھیلائے پڑا ہے۔ وہ کمرے میں چلا تو گیا۔ مگر ڈر رہا تھا۔ کہ کہیں پہچان نہ لے۔ عورت اُسے کمرے میں لے جا کر ایک پلنگ پر بٹھاتی

ہوئی بولی۔

"اب تم کو پیسہ نہیں دیں گے جگن! تم پی کر پگلے ہو جاتے ہو۔"

اتنا کہہ کر اُس نے رامو کے گلے میں باہیں ڈال دیں۔ اور پیار سے اُسے اپنی طرف کھینچا۔ رامو نے اُس کی محبت کا جواب ایک چپ میں دیا۔"

عورت نے رامو کے مونڈھے پر سر رکھتے ہوئے کہا۔

"پیسہ کم تھا اس لئے خفا ہو؟ جانتے بھی ہو ہمیں زیادہ پیسہ نہیں ملتا۔"

رامو بہت سی باتیں سمجھ گیا۔ بوڑھا کنجوس بھی ہے۔ گھر میں روشنی بھی نہ تھی۔ وہ خوش تھا بوڑھے کی کنجوسی اس کے لئے فائدے کی بات ثابت ہوئی۔ رامو نے سوچا آج تو خوب جا ترا بنا۔ کھانے کو تو ملے گا ہی۔

عورت بھی "پھاؤ" میں ملی ——— عورت کا خیال آتے ہی اُس کے سارے بدن میں سنسنی پھیل گئی۔ دل گدگدانے لگا۔ مگر اُس کا دل الماری میں لگا ہوا تھا بھوک نے بہت جلد ہی اُس کے خیالات کو دوسری طرف لگا دیا۔ وہ اندھیرے میں آنکھ پھاڑ پھاڑ کر کمرے میں چاروں طرف دیکھنے لگا۔ کہیں کھانے کی کوئی چیز تو رکھی نہیں ہے مگر اندھیرے میں کچھ بھی نظر نہ آیا ——— عورت نے سمجھا۔ کہ وہ نشے میں ہے۔

بولی:-

اِسی لئے زیادہ پیتے ہو۔ ہزار بار منع کیا تم مانتے ہی نہیں آؤ۔"

اتنا کہہ کر عورت نے پھر رامو کو اپنی طرف کھینچا۔ رامو نے مزے میں آ کر اپنا سر اُسکی

گود میں ڈال دیا۔ اِس میں اُس کو بڑا مزہ آیا۔ سارے بدن میں گدگدی سی ہونے لگی۔ سانس زور زور سے چلنے لگی۔ اور عورت کی سانس کی گرمی اُسے اپنے گالوں پر محسوس ہوئی۔ اس گرمی میں لطف بہت زیادہ تھا۔ اُس کا دل چاہا کہ عورت کو کھینچ کر اپنی گودی میں لے لے۔ مگر وہ اُسی طرح اُس کی گود میں پڑا رہا ——— آخر وہ عورت اُس پر جھکنے لگی۔ رامو نے اُٹھ کر اس کو اپنی گودی میں کھینچ لیا۔ عورت اُس کی گودی میں تھی۔ اُس کا بدن بالکل ڈھیلا پڑ گیا تھا۔ اُس نے اپنا ڈھیلا ڈھیلا ہاتھ رامو کی گردن میں ڈال دیا۔ رامو کا دل مچل گیا۔ اُس نے چاہا کہ اُس کو اُسی طرح لیے ہوئے سو جائے۔ مگر بھوک نے پیٹ میں مچل کر اُسے بے چین کر دیا۔ آنتیں اینٹھنے لگیں۔ بھوک نے سارا مزہ کرکرا کر دیا۔ وہ عورت کو چھوڑنا نہ چاہتا تھا۔ مگر یہ بھی چاہتا تھا کہ پہلے کچھ کھانے کو مل جائے۔ وہ عورت کو پلنگ پر چھوڑ کر دیوانوں کی طرح اُٹھ کھڑا ہوا۔

عورت بولی۔

"آج تم بالکل بدلے ہوئے معلوم ہوتے ہو جگن!"

مگر رامو کچھ نہ بولا۔ بھوک سے بدحواس دیوار کے چاروں طرف ٹٹولنے لگا۔ شاید طاق پر کھانے کی کوئی چیز مل جائے۔ ایک تھالی میں لڈو دھرے ملے۔ اُس نے اُٹھا کر کھانا شروع کیا۔ ایک دو۔

عورت یکایک اُٹھ کھڑی ہوئی۔ تھالی اُس سے چھین کر الگ رکھ دی اور بولی۔

"جانتے ہو جگن! لڈو دو گن کر رکھتے ہیں۔"

رامو کو پھر وہ پلنگ پر بٹھا کر پیار سے اس کی طرف بڑھی۔ مگر دو لڈو پیٹ میں پڑ چکے تھے۔ سوئی ہوئی بھوک جاگ چکی تھی۔ اُس نے عورت پر ذرا دھیان نہ دیا۔ وہ پھر لڈو کی تھالی کی طرف بڑھا۔ دو لڈو اُس کے اور بھی ہاتھ آئے۔ عورت تھالی لیکر دوسرے کمرے میں چلی گئی۔ رامو کو بڑا غصہ آیا۔ اُس کا جی چاہا کہ اُسے قتل ہی کر ڈالے مگر وہ لڈو کھانے لگا۔ یکایک اُس کو کچھ خیال آیا۔ اور وہ اِدھر اُدھر ٹٹولنے لگا۔ ایک کونہ میں پانی کا بھرا لوٹا رکھا۔ اُس نے اٹھا کر پینا شروع کیا اتنے میں عورت واپس آئی اور دوسری تھالی لے کر چلی۔ رامو نے جھپٹ کر تھالی پر ہاتھ مارا عورت بولی۔

"ارے کل دس ہیں۔ مت لو۔"

عورت نے جھپٹ کر اُسے چھیننا چاہا۔ لیکن رامو نے اُسے زور کا دھکا دیا اور کمرے سے نکل کر بھاگ گیا۔

جوانی

بیاہ ہوئے ایک ہفتہ ہو چکا تھا مگر سریندر نے پربھا سے ایک لفظ بھی نہ کہا تھا۔ وہ باہر سے آتا اور چپ چاپ پربھا کے پاس بیٹھ جاتا۔ کبھی کوئی کتاب اٹھا لیتا۔ کبھی کوئی رسالہ اور وقت کاٹ دیتا۔ پھر باہر چلا جاتا۔ ماں باپ نے اُسکا بیاہ کر دیا تھا۔ وہ اُن کی خوشی، برادری میں عزت و وقعت پر اپنی ساری خوشیوں اور تمناؤں کو قربان کر چکا تھا۔ اور سہما سا سارے کام کرتا جا رہا تھا۔ ورنہ اسے بیاہ کی کوئی خوشی نہ تھی۔ بلکہ حد درجہ رنج تھا۔

آج جب وہ باہر جانے کیلئے کپڑے بدلنے کو کمرے میں آیا۔ تو پربھا سنگار میز کے سامنے بیٹھی بال سنوار رہی تھی۔ اُس نے سریندر کو دیکھتے ہی شرما کر اپنی نظریں نیچی کر لیں۔ اور بدن سمٹا کر بیٹھ گئی۔ سریندر پر اسکا بہت اثر ہوا۔ اُس نے اپنے دل میں پربھا کیلئے ہمدردی محسوس کی۔ اُس کے سینے کی گہرائیوں

سے ایک آہ نکلی اور سینے ہی میں ڈوب کر رہ گئی۔ کپڑے بدلنے کا خیال اسکے دماغ سے نکل گیا اور وہ ایک تھکے ہوئے شخص کی طرح ایک صوفے پر گر پڑا اور سوچنے لگا ـــــ میں کیا کرسکتا ہوں۔ ماتا پتا کی ضد نے میرے ساتھ ایک غریب لڑکی کی زندگی بھی برباد کردی۔ ہزار پڑھی لکھی ہے مگر پھر بھی ہندوستانی لڑکی ہے۔ اسی سماج میں سانس لیتی ہے جسمیں عورتیں رسم اور رواج کی زنجیروں میں جکڑی ہوتی ہیں۔

بیاہ ہوئے ایک ہفتہ ہوگیا مگر پربھا کے چہرے پر ایک مرتبہ بھی ہنسی اور خوشی کی جھلک نظر نہ آئی۔ وہ برابر اداس رہتی ہے جیسے پت جھڑ میں پھلواری جیب بجھو ایک گہری سوچ میں ڈوبی ہوئی ہے ـــــ وہ خوش رہے تو کیونکر؟ عورت کی ساری ہنسی خوشی پتی کے دم سے ہے میں اس سے نہ بولتا ہوں اور نہ ہنستا ہوں۔ وہ گھر سے ماں باپ اور اپنے پرائے سے جدا ہو کر آئی ہے۔ اور اس پر میرا سلوک! ـــــ آخر غریب خوش کیونکر رہے؟ میں نے کبھی جھوٹے منہ بھی تو اسکا حال نہ پوچھا ـــــ ہاں یہ صحیح ہے کہ میں اسے محبت نہیں دے سکتا لیکن ایک انسان کی طرح ہمدردی تو کرسکتا ہوں۔ دنیا تو اب یہ جانتی ہے کہ اسکی ہر قسم کی خوشی کی ذمہ داری میرے سر پر ہے۔ دل سے نہ سہی لیکن سماج کے سامنے تو اس ذمہ داری کو میں نے قبول کرلیا ہے۔ مجھے اس کے آرام کا خیال کرنا چاہئے!

وہ اپنی جگہ سے اٹھا کہ پربھا سے کچھ باتیں کرے لیکن اس کا دل بھر آیا۔ وہ پھر صوفے پر بیٹھ گیا اُسے اپنی زندگی کے سارے واقعات ایک ایک کرکے یاد آنے لگے کالج میں داخل ہونا۔ کالج جاتے ہوئے راستے میں کوشلیا کا مکان۔ اسکے بھائی سے دوستی پھر آنا جانا۔ باتیں ـــــ اور بہت سی باتیں محبت کا اقرار اور شادی کا وعدہ ـــــ اب وہ پھر کلکتہ واپس جانے والا تھا مگر کس منہ سے جاکر کوشلیا سے باتیں کریگا۔ وہ کیا کہیگی۔ آخر اس سے وعدہ کرنے کی کیا ضرورت تھی ـــــ کہے گی کہ جب تک یہاں تھے

میرے جذبات سے کھیلتے رہے اور جیسے ہی دولتمند گھر ملا۔ بیاہ کر لیا۔ اسے یہ کس منہ سے کہہ سکوں گا کہ ماتا پتا نے زبان دے دی تھی اور خاندان کی عزت کے خیال سے میں نے اپنی ساری آرزوؤں کا خون کر لیا۔۔۔ اگر کہوں بھی تو اس کو کیوں کر یقین آئے گا۔

سریندر دیر تک اسی قسم کی باتیں سوچتا رہا اور پربھا اپنی جگہ سمٹی سمٹائی بیٹھی رہی۔ وہ چاہتا تھا کہ پربھا کے ساتھ محبت کا نہیں تو کم سے کم ہمدردی کا برتاؤ ضرور کرے۔ ایک لڑکی کی زندگی کو برباد ہونے سے بچالے جس کا سہارا بیاہ کے بعد پتی کے سوا اور کوئی نہیں۔ وہ یہ بھی سوچنے لگا۔ کہ اس سے بناوٹی محبت ظاہر کرتا رہے۔ اپنے دل پر چاہے جو بھی گزرے مگر پربھا کو معلوم نہ ہو۔ اگر اُسے معلوم ہو گیا کہ مجھے کسی دوسری لڑکی سے محبت ہے تو اس کا دل ٹوٹ جائیگا۔۔۔ لیکن ہے تو ضرور۔۔۔ مگر اس سے جو کچھ دل پر بیتے گی محسوس کروں گا۔ خود گھلتا رہوں گا۔۔۔ لیکن پربھا کو اس کی خبر بھی نہ ہوگی۔۔۔

یکایک پھر اُسے کوشلیا یاد آئی۔۔۔ اسکا دل بھر آیا۔ یہ تو صحیح ہے کہ پربھا کو میرے دل کی خبر نہ ہوگی۔ لیکن کوشلیا کو بیاہ کی خبر تو ہو ہی جائیگی۔ اگر میں اس کے سامنے نہ بھی گیا تو اس سے کیا ہوتا ہے۔ زیادہ سے زیادہ میں کچھ کہہ سن نہ سکوں گا۔ لیکن اُس کے دل پر کیا گزرے گی۔۔۔ اُس کا دل ٹوٹ جائیگا۔ وہ زندہ بھی رہ سکے گی یا نہیں جس وقت اس کو میرے بیاہ کی خبر ہو جائیگی وہ سر پیٹ لیگی یا روتے روتے جان دیدے گی۔۔۔ اُف ماتا پتا نے دولت کی خاطر دو زندگیوں کو تباہ کر دیا۔۔۔ اُس کی آنکھیں ڈبڈبا آئیں۔

۔۔۔ سریندر اپنے خیالوں میں الجھا ہوا تھا کہ اُسکی چھوٹی بہن شانتی آگئی اور پربھا کو دیکھتے ہی بولی

"بھابی! آپ نے اب تک کپڑے نہیں بدلے!"

پربھا اپنی جگہ پر ہلی تک نہیں۔ بالکل چپ بیٹھی رہی۔ شانتی نے بھائی کو نہیں دیکھا اور پربھا کو گدگدانا شروع کر دیا۔ سریندر نے دیکھا کہ پربھا عجیب بے بسی میں ہے۔ تو بولا۔

"شانو!"

شانتی نے پلٹ کر بھائی کو دیکھا اور کھسیانی سی ہو گئی۔ بولی۔

"جی! بھیا آج ہم لوگ سینما جا رہے ہیں!"

"ایک گلاس پانی لیتی آؤ۔"

شانتی کو بھی اچھا موقعہ مل گیا۔ وہ کمرے سے باہر چلی گئی اور تھوڑی دیر میں پانی لیکر آ گئی۔ سریندر نے پانی پیا اور بولا۔

"ہاں ٹھیک ہے، ضرور جاؤ سینما۔"

گھر کے سارے لوگ سینما چلے گئے۔ سریندر رہ گیا۔ شام ہونے کو آئی لیکن وہ صوفے پر پڑا سوچتا ہی رہا۔ طرح طرح کے خیالات اسکے دماغ میں آتے رہے۔ کبھی کبھی اپنے خیالوں سے وہ خود ہی ڈر جاتا۔ جیسے کوئی شخص ڈراؤنے خواب دیکھ کر ڈر جاتا ——— تھوڑی دیر تک تو اس پر عجیب کیفیت طاری رہی۔ اس کا دل بے اختیار چاہتا تھا۔ کہ خودکشی کر لے لیکن کوشلیا سے پھر ملنے کی تمنا اور امید تھی۔ اسے اس خطرناک ارادے سے روکا۔ اس کا دل چاہا کہ فوراً اُٹھے اور شہر چلا جائے۔ وہاں کوشلیا سے مل کر سارا حال بیان کردے کہیں ایسا نہ ہو کہ میری خودکشی کی خبر سنکر کوشلیا بھی جان دے دے میری زندگی کے ساتھ دو اور زندگیاں جائیں گی۔ کوشلیا تو یقینی طور پر جان دے دیگی۔ اور پربھا بھی "آدھ مرد" ہو کر رہ جائیگی۔ اس لئے یہ غلط ہے

اب جس طرح بھی ہو ایسی راہ نکالنی چاہئے جس سے سب زندہ رہ سکیں۔

اُسے ایک ترکیب سوجھی۔ اُس نے سوچا کہ رات کے وقت پربھا سے سب کچھ کہہ دے گا۔ اُسے صاف صاف کہوں گا کہ مجھے تم سے محبت نہیں اور نہ ہو سکتی ہے لیکن سماج کے قانون کے مطابق میں تمہارا ہو چکا ہوں اس لئے تمہارے ہر آرام کا خیال اور انتظام کرتا رہوں گا لیکن تم اس بات کی اجازت دیدو کہ میں کوشلیا سے شادی کر لوں ـــــ اس کے دل کو اس خیال سے بڑا سکون ہوا۔ اُسے یقین ہو گیا کہ پربھا اُسے اجازت دیدیگی ـــــ اور کوشلیا بھی شادی کر لیگی ـــــ لیکن کوشلیا کے ماں باپ اُسے کیونکر پسند کریں گے؟

اسکے دل کو ایک دھکا لگا۔ تیر کمان سے نکل چکا تھا۔ اب نہ وہ کوشلیا کا ہو سکتا تھا اور نہ کوشلیا اسکی ہو سکتی تھی۔ دونوں ہمیشہ کے لئے ایکدوسرے سے الگ ہو چکے تھے ـــــ مگر پھر بھی پربھا سے ساری باتیں کہہ دینا ضروری ہے۔

کمرے میں تاریکی چھا چکی تھی۔ نوکر لیمپ جلا کر رکھنے آیا تو سریندر یکایک چونکا۔ اس نے کمرے میں چاروں طرف نظر دوڑائی۔ سنگار میز پر پربھا کی تصویر رکھی ہوئی تھی۔ اب تک اُس نے پربھا کو پوری طرح دیکھا بھی نہیں تھا۔ پربھا واقعی خوبصورت لڑکی تھی ـــــ سریندر کے دل کو پھر ایک دھکا لگا۔ اس نے دل ہی دل میں کہا۔ کاش اس غریب کا بیاہ کسی دوسرے آدمی سے ہوتا تو وہ اس کے حسن کی قدر کرتا اس سے محبت کرتا لیکن بدنصیبی سے وہ ایسے آدمی سے بیاہ دی گئی ہے جس کے پاس اب محبت دوسرے کو دینے کیلئے نہیں رہی ـــــ وہ دیر تک پربھا کی تصویر کو دیکھتا رہا۔ اور افسوس کرتا رہا۔

سریندر کا دماغ جب سوچتے سوچتے تھکنے لگا۔ تو اس نے ایک کتاب اُٹھالی اور اُسے پڑھنا

شروع کیا۔ پھر کتاب لئے ہوئے مسہری پر لیٹ گیا ـــــ کتاب تاریخ کی تھی، یہی اسکا پسندیدہ موضوع تھا۔ وہ کتاب پڑھنے میں سب کچھ بھول گیا۔ دیر تک اُسے پڑھتا رہا۔ وہ کتاب دیکھنے میں غرق تھا۔ کہ یکایک چونک پڑا۔ پربھا اور شانتی ہنستی ہنستی ہوئی کمرے میں آگئی تھیں۔ اس نے دیکھا۔ پربھا ہنستی ہوئی اُسے اور خوبصورت معلوم ہوئی۔ وہ دیکھتا رہا۔ یکایک پربھا کی نظر بھی اُس پر پڑ گئی۔ نظر پڑتے ہی پربھا شرما گئی۔ اس کے شرما جانے کی ادا سریندر کو اور بھلی معلوم ہوئی۔ شانتی نے بھائی کو دیکھا۔ تو شرمندہ ہو کر بھاگ گئی۔

پربھا شرمائی ہوئی کھڑی رہی اور سریندر اسے دیکھتا رہا۔ یکایک سریندر کو خیال آیا، اُس نے کہا۔

"آؤ بیٹھ جاؤ ـــــ"

پربھا لجاتی ہوئی آئی اور مسہری کے پاس کرسی پر بیٹھ گئی۔ سریندر نے چاروں طرف کمرے میں دیکھا۔ دروازوں پر پردے پڑے ہوئے تھے اور آس پاس کسی کی آہٹ بھی نہ تھی۔ اُس نے پھر کہا۔

"آؤ، یہاں بیٹھو!"

پربھا کا دل دھک دھک کرنے لگا۔ اس سے پہلے سریندر نے اس سے کوئی بات نہ کی تھی۔ اس نے سوچا۔ یہ وقت موزوں ہے۔ پربھا سے ساری باتیں صاف طور پر کہدینی چاہئیں ـــــ لیکن ہاں اس طرح کہ پربھا کو کوئی صدمہ نہ پہنچے۔

وہ مسہری سے اُٹھا کہ پربھا کو اُٹھا کر لائے۔ اچانک اسے خیال آگیا۔ کہ دروازے کھلے ہیں صرف پردے پڑے ہیں۔ اُس نے اُٹھ کر دروازوں کو دیکھا اور آہستہ آہستہ بند کر دیا۔ پھر مسہری پر بیٹھ گیا اور بولا۔

"سنو —— تم سے کچھ باتیں کرنی ہیں۔"

لیکن پربھا اب بھی اپنی جگہ سے نہ ہلی۔ سریندر اُٹھا۔ پربھا کے پاس آیا۔ اور اُس کا ہاتھ پکڑ کر اُٹھانے لگا۔ لیکن پربھا لجاتی شرماتی اپنا بدن سمٹتی گئی۔ آخر اُس نے دونوں ہاتھوں سے پکڑ کر اُسے اُٹھایا۔ معلوم ہوا، جیسے سریندر کو بجلی چھو گئی۔ سارے بدن میں سنسنی پھیل گئی۔ پربھا سمٹی سمٹائی مسہری پر بیٹھ گئی۔ سریندر اس کے پاس ہی بیٹھ گیا اور آہستہ سے اُس کے شانے پر ہاتھ رکھا اور بولا۔

"سنو —— !"

اُس نے چاہا تھا کہ سب کچھ کہہ دے لیکن پربھا نے جیسے ہی ہلکی سی مسکراہٹ کے ساتھ شرمائی ہوئی نگاہوں سے اُس کی طرف دیکھا۔ سریندر سب کچھ بھول گیا۔ کچھ نہ کہہ سکا۔ پربھا اُسے دیکھتی ہی رہی۔ سریندر نے اپنی حالت کا اندازہ کیا اور پھر سنبھل کر بولا —— "سنو پربھا!"

پربھا نے مسکرا دیا۔ سریندر کھسیانا سا ہو گیا۔ اور پربھا کا منہ تکنے لگا۔ پربھا نے شرماتے ہوئے کہا —— "کہیے!"

سریندر سے کچھ نہ کہا جا سکا۔ البتہ اس کا ہاتھ خود ہی پربھا کے شانے سے رک کر اس کے پہلو تک پہنچ گیا۔ سریندر کے سارے بدن میں چنگاریاں سی چھوٹنے لگیں۔ وہ غور سے پربھا کی شکل دیکھنے لگا۔ اور پربھا سے قریب ہوتا گیا۔ اس کا دل دھک دھک کرنے لگا —— کبھی کبھی اسے حلق سوکھتا ہوا معلوم ہوتا۔ مگر اس کے دل میں اور کچھ نہ تھا۔ آخر اُس نے پربھا کو اپنی طرف ذرا زور سے کھینچا۔ وہ سمٹتی ہوئی بالکل اُس کی گود میں آتی رہی —— اُس نے پربھا کا سر اپنے زانو پر رکھا۔ اور ذرا کانپتی ہوئی آواز میں بولا۔

"پربھا ——"

پربھا لجاتی ہوئی آنکھیں بند کئے اس کے زانو پر سر رکھے پڑی تھی۔ اُس نے کوئی جواب نہ دیا لیکن سریندر نے آپ ہی آپ کہا۔

"میں نے تمہیں آٹھ دن تک مفت میں ستایا۔ تم بہت خوبصورت ہو۔"

پربھا نے اپنا چہرہ سریندر کی گود میں چھپا لیا —— سریندر پر عجیب کیفیت طاری ہو گئی۔ وہ آہستہ آہستہ اُس کے چہرے پر جھکنے لگا —— اسی وقت کمرے سے باہر شانتی نے آواز دی۔

"بھابی کھانا کھانے چلئے نا!"

سریندر نے جواب دیا۔

"وہ ابھی آئیں گی شانتی۔" +